U0051613

中・日對照
精裝珍藏版

銀河鉄道の夜。

宮澤賢治

笛藤出版

銀河鐵道之夜／目次

—中文—

日文

附録

銀河鐵道之夜

5

1

午後的課堂。

僕たちと一緒に行こう
僕たちはどこまでだって行ける切符を持っているんだ

跟著我們一起走吧
因為我們有可以到達任何地方的車票

MP3 01

「那麼各位同學，這個被稱為河流、也被比喻為牛奶流過的白色朦朧物，其實是什麼有誰知道嗎？」掛在黑板的巨大黑色星座圖中，老師指著由上而下像白色煙霧一樣的銀河帶部分問著大家。

坎佩內拉舉起了手，接著有四五位同學也陸續舉手。喬凡尼原本也打算舉手的，卻突然打消了念頭。他雖然曾經在雜誌上面看過，知道那是由星星所組成的，但因為最近喬凡尼每天到了教室都很想睡覺，沒有可以看書的時間，也沒有能看的書，覺得自己好像變得什麼事都不懂了。

然而老師早一步發現了這件事。

「喬凡尼你知道答案對吧？」

喬凡尼猛然地從座位上站了起來，發現自己根本無法回答老師。坐在前方的賈奈利轉過頭來看著他並嗤嗤地笑，喬凡尼慌張得整張臉都漲紅。此時老師再次詢問。

「用大型的望遠鏡仔細觀察的話，會發現銀河大致是由什麼組成的呢？」

雖然喬凡尼很清楚知道那是由星星所組成的，但就是無法馬上回答老師的問題。

老師顯得有點困惑的樣子，轉而看向坎佩內拉：「那麼坎佩內拉呢？你知道答案嗎？」被點名之後，原本自信滿滿舉著手的坎佩內拉，卻扭捏地站起來，什麼也回答不出口。

老師驚訝地盯著坎佩內拉一會兒後連忙說：「好吧，大家看這裡。」他指著星座圖說，「當我們用精密的大型望遠鏡觀察白茫茫的銀河時，可以看到許多的小星星。喬凡尼同學，沒錯吧！」

喬凡尼滿臉通紅地點點頭，不知不覺中他的眼裡充滿了淚水。

是啊，我知道的，坎佩內拉當然也知道，這是我們在他家一起看過的雜誌裡所刊載的內容啊。坎佩內拉在看了雜誌後，馬上跑到父親的書房裡抱了一本厚重的書過來，翻到介紹銀河的那頁。兩個人一起專注地欣賞漆黑中綴滿白色亮點的美麗照片，坎佩內拉絕對不可能會忘記這件事。他之所以沒有立刻回答老師，是因為這陣子無論是早晨或下午我都得忙於工作。就算到了學校也沒什麼精神和大家一起嘻笑玩耍，更變得不常和坎佩內拉聊東聊西。他因為知道這些事而同情我，才故意選擇不回答。喬凡尼一想到這些，忍不住覺得自己和坎佩內拉都很可憐。

老師又繼續說。

「所以如果把這個天上的河流當成真正的河，這些一顆顆的小星星就如同河床上的砂石與砂粒。如果拿來比喻成川流不息的牛奶的話，感覺就更像天上的河川了。換句話說，這些星星就好像是漂浮在牛奶裡的細微脂肪。至於要說河川裡的水代表什麼的話，那就是可以讓光以一定速度傳遞的『真空』。恰巧太陽與地球都在這裡面浮著。也就是說，我們都棲息在這道天河。從天河觀望四周時，會發現跟水愈深就愈顯得湛藍的道理一樣，愈接近天河底部，就會聚集愈多的星星，所以看起來就是一片白茫茫的。請大家看這個模型。」

老師指著裝有許多亮光砂粒的大型雙面凸透鏡繼續說明。

「天河的形狀就像這面凸透鏡。我們可以把這一顆顆閃亮的砂粒當成太陽，都是會自行發光的星球。太陽位於這裡的中央，而地球就在一旁不遠處。大家可以在夜晚時站在這個中央位置來觀看凸透鏡裡的世界。這邊的鏡面較薄，所以只能看到少數的點狀星辰，而這邊或者是這邊的鏡面較厚，就可以看到很多發光的粒子，這些遠看微微泛白的狀態，就是我們現今討論關於銀河理論的由來。因為今天時間不夠，有關這面凸透鏡究竟有多大，以及其中眾多星星的部分，就讓我們留到下次的理科課時再說吧！提醒大家，今天是銀河祭，記得到戶外好好地觀看銀河和星空。今天的課就先上到這裡，請收拾好課本和筆記本。」

教室裡頓時響起一陣闔上桌蓋與收拾書本的聲音，隨後大家恭敬地向老師敬禮，離開了教室。

2

印刷廠。

一つずつの小さな現在が続いているだけである

人生就是不斷地累積著每一個小小的瞬間而已

MP3
02

喬凡尼正要踏出校門時，看到班上七、八個同學還沒回家，圍著坎佩內拉聚集在校園角落的櫻花樹下。他們好像在討論要製作藍色的王瓜燈籠，然後帶到今晚的銀河慶典再一起放到河裡去。

但是，喬凡尼使勁地擺著雙手迅速步出了校門。他發現大街上每戶人家都正忙著為今晚的銀河節佈置，像是掛起櫟樹葉做成的圓球裝飾、或是在扁柏樹枝吊燈飾之類的。

沒有馬上回家的喬凡尼，走過了三個街口後來到了一間頗具規模的活版印刷廠。他向坐在入口櫃台、身穿寬鬆白襯衫的人行禮後，脫了鞋打開最裡面的一道大門走了進去。雖然現在是大白天，但裡面卻燈火通明，一部部輪轉式印刷機正快速地運轉著。一群綁著頭巾、戴著眼罩的人們，哼著歌似地一邊複誦一邊計算地賣力工作著。

喬凡尼馬上走到從門口數來第三張高台，向坐在那裡的人行禮。那個人伸手往架子找了一會兒後說，

「你今天就撿這些，應該可以吧！」並且將一張小紙片遞給喬凡尼。喬凡尼從他的桌子下拉出一個小木箱後，走到對面掛著許多電燈的傾斜牆角，蹲下來開始用小鑷子將米粒般的鉛字一個個撿到木箱裡。幾位身披藍色圍襟的人從他的後方經過時說，

「唷、小放大鏡，早啊！」附近四、五個人沒發出任何聲音，也沒回頭看一眼，冷冷地跟著笑。

喬凡尼只是揉了好幾次眼睛，繼續埋頭撿著鉛字。

當六點的鐘響，他將撿好的一箱箱鉛字與手裡的紙條再核對一遍後，拿給剛剛坐在桌旁的人，他默不作聲地接過木箱後微微地點頭。

喬凡尼再次向他行禮，打開門走向櫃台處。而剛剛那位身穿寬鬆白襯衫的人不吭一聲地，遞給了他一枚小銀幣。喬凡尼頓時笑逐顏開，深深地向那人行了一個大禮，拎起放在櫃台下的書包後，飛也似地跑向大街，精神抖擻地邊吹著口哨邊走向麵包店，買了塊麵包和一袋方糖後就一溜煙地跑出去了。

家。

僕もうあんな暗の中だって怖くない
きっと皆の本当の幸いを探しに行く

我已經不害怕那樣的黑暗了
我一定會去尋找大家真正的幸福

MP3
03

喬凡尼用衝的跑回小巷弄裡的家。在並排的三扇門中，最左邊擺了一只空箱，裡面種了紫色的甘藍菜和蘆筍，而兩扇小小的窗子都拉下了遮陽布。

「媽媽，我回來了喔，身體有沒有好一點呢？」喬凡尼邊脫鞋邊問。

「喬凡尼，你工作一定累壞了吧！今天的天氣很涼爽，我一整天都覺得很舒服呢！」

喬凡尼踏上玄關，母親躺在第一個房間裡，身上披了條白披肩在休息著。喬凡尼走進屋內將窗戶打開。

「媽媽，今天我買了方糖喔，可以加在牛奶裡喝。」

「你先吃吧，我現在還不餓。」

「媽媽，姊姊什麼時候回來的？」

「三點左右吧，大家幫了我很多忙呢。」

「媽媽的牛奶還沒送來嗎？」

「大概還沒來吧。」

「那我去拿！」

「我不急，沒關係的，倒是你先吃點東西吧！你姊姊好像用番茄做了點什麼放在那裡。」

「那我先去吃了。」

喬凡尼從窗邊端起放有番茄的盤子，然後跟麵包一起狼吞虎嚥地吃著。

「媽媽，我覺得爸爸一定很快就會回來。」

「我也是這麼想，不過為什麼你會這麼認為呢？」

「因為今天早上報紙有說，今年北方的漁獲量很豐富。」

「或許你爸爸並沒有出海捕魚。」

「一定有出海啦，爸爸才沒做那些會被關進監牢裡的壞事。而且之前爸爸送給學校的巨大蟹殼和馴鹿角，到現在都還被擺在標本室裡喔！六年級上課時，老師們還輪流借去教室裡上課用呢！在前年的畢業旅行時（以下空白數行）。」

「你爸爸有說過下次要給你帶件海獺皮的外套呢！」
「大家每次看到我都會一直說這件事，用像是在嘲笑我的語氣。」
「說你的壞話嗎？」
「嗯，但坎佩內拉從來不說。當他看到大家欺負我的時候，總是一臉很同情的樣子。」
「他爸爸和你爸爸，好像差不多在你們這個年紀的時候就是好朋友了喔。」
「原來如此啊！所以爸爸之前才會帶我去坎佩內拉他家玩。那時候真的好開心，我放學偶爾都會繞到他家去玩。他家裡有個用酒精燈發動的小火車，和用七節軌道組成的一個圓形鐵路，還附有電線桿和信號燈，只有在火車通過時信號燈才會亮成綠色喔！有一次酒精用完了，我們就改用燈油發動，結果鍋爐整個都燻黑了！」

「原來還有這件事啊！」

「我每天早上送報紙的時候都會順道繞過去他們家，但總是很安靜……。」

「是因為時間還太早了啊！」

「他們家有一隻叫做查威爾的狗，牠的尾巴就像支掃帚似的，每次我去牠都會靠過來撒嬌，還會一路跟著我到街上轉角的地方，有時候甚至跟更遠呢！今晚大家約好要到河邊去放王瓜燈籠，我想那隻狗狗一定也會跟著去！」

「對耶，今晚是銀河祭！」

「嗯，我出門拿牛奶的時候要順便繞過去看看！」

「去玩吧！但不要跑到水裡面去喔。」

「我只會待在岸邊看看，去一小時就會回來了。」

「可以玩久一點沒關係，因為你和坎佩內拉一起我就不會擔心。」

「我們一定會在一起的！媽媽，要不要我幫妳把窗戶關上？」

「嗯，麻煩你，已經有點冷了。」

喬凡尼起身關好窗戶，並收拾好盤子與麵包的袋子，迅速穿好鞋後說：「那我去一個半小時就回來！」便走向昏暗的門外。

4

半人馬座慶典之夜。

真の幸福に至れるのであれば
それまでの悲しみは
エピソードに過ぎない

只要能達到真正的幸福
在那之前所遭遇的悲傷
都只不過是小插曲

MP3 04

喬凡尼一臉寂寞地嘟著吹著口哨般的嘴，從兩旁種滿檜木的漆黑坡道上走了下來。

坡道下有一盞發出藍白色亮眼光芒的高大路燈。當喬凡尼愈往它的方向走去，那宛如怪物般一直跟在他身後的細長模糊影子，也漸漸變得更加濃黑而清晰，抬起腳又擺著手地往喬凡尼身旁走去。

「我是一個威風凜凜的火車頭，因為這裡是斜坡所以速度飛快！我現在正要穿越那座街燈。看！這回我的影子變成圓規，就這樣轉身畫了一個大圓再回到前方來。」

40

當喬凡尼一邊任思緒奔馳、一邊邁開步伐穿過路燈時，白天嘲笑他的賈奈利穿著嶄新的尖領襯衫，突然從路燈對面的昏暗小路冒了出來，與他擦身而過。

「賈奈利，你要去放王瓜燈籠嗎？」喬凡尼話還沒說完，賈奈利就從後方衝著他大喊：「喬凡尼，你爸會帶海獺皮外套回來給你喔！」

喬凡尼頓時心口涼了一截，腦袋轟然作響。

「你這是什麼意思？賈奈利！」他大聲地吼了回去，但賈奈利卻已走進對面一幢種有檜樹的房子裡。

「我什麼都沒有做，為什麼賈奈利要對我說那些話？也不想想自己跑起步來像隻老鼠一樣。我根本什麼也沒做他卻說那種話，賈奈利真是個笨蛋！」

當喬凡尼一邊慌亂地思考許多事情的同時，他穿過了掛滿用各種燈泡與樹枝裝飾得極美的街道。鐘錶店裡點上了明亮的霓虹燈，每隔一秒鐘，貓頭鷹鐘的紅寶石眼珠便會滴溜溜地轉動；顏色宛如海洋的厚玻璃器皿上，鑲滿了五光十色的寶石，彷彿星星般地緩慢旋轉著；另一側的銅製人馬也徐緩地朝這邊駛來。而在正中央，有一面用綠色蘆筍葉片裝飾的圓形黑色星座盤。

喬凡尼出神地望著那張星座圖。

雖然比白天在學校看到的那張小上許多，但只要設定好日期與時間後轉動星座盤，星空便會完整地呈現在這個橢圓形玻璃器皿中。而在中間的一定是由上而下貫穿，宛如煙霧般縈繞著的銀河，它的下方看起來則像小爆破後瀰漫著水蒸氣的樣子。玻璃器皿的後方放著一只泛著黃光的三腳架小型望遠鏡。而最後面的牆上則掛著一張巨大的星座圖，將天空裡所有的星座繪製成不可思議的野獸、蛇、魚、瓶子等模樣。天空裡真的有蠍子和勇士嗎？啊……我也好想置身其中走走，喬凡尼想著想著就站著發愣了一下。

過了一會兒，喬凡尼突然想起媽媽的牛奶，便趕緊離開了那家鐘錶店。即使他明顯地感覺到上衣肩膀的地方變得有些緊，但還是刻意地挺起胸膛、使勁地擺動著手大步走過街道。

空氣相當清新，宛如清水正暢流於街道與店家之間，路燈全都用青翠的冷杉與橡樹的枝葉包圍著。電力公司大樓前的六棵懸鈴木裝飾著無數的小燈炮，宛如是人魚所居住的國度一般。孩子們穿著還帶著褶痕的新衣服，吹著星星之歌的口哨邊跑邊喊「半人馬座，快降下露水吧！」一邊燃放藍鎂的煙火，玩得不亦樂乎。喬凡尼不自覺地垂下頭，一面思索著與那歡樂氣氛截然不同的事，急急忙忙地前往牛奶店。

不知不覺間，喬凡尼走到了遠離大街的地方，這裡有一大片聳入雲霄的白楊樹林。他踏進牛奶店那扇黑色的大門，站在飄著牛隻味的昏暗廚房前面。喬凡尼摘下帽子喊了一聲「晚安」，但屋裡一片寂靜，似乎沒有人在。

「晚安，不好意思！」他站直身子又喊了一次。過了一會兒，有位上了年紀的婆婆，身體不適般顫顫巍巍地走了出來，嘴邊嘀咕問他有什麼事。

「今天牛奶沒送到我們家，我是來拿牛奶的。」喬凡尼大聲地說著。

「現在沒有人在，我也不清楚，請你明天再來吧！」

老婆婆揉了通紅的眼睛下方，低頭看著他說。

「我媽媽生病了，如果今晚沒拿到牛奶的話會很困擾的。」

「那麼你晚點再來一趟吧。」剛說完老婆婆便轉身回屋裡。

「好的，謝謝您。」喬凡尼鞠個躬走出了廚房。

當他來到十字路口正準備轉彎時，看到對面通往橋墩方向的雜貨店前，有幾個黑影與白色襯衫交雜在一起。六、七位學生一邊吹著口哨一邊談笑，提著王瓜燈籠朝這邊走來。那些笑聲和口哨聲都是他所熟悉的，因為他們是喬凡尼的同班同學。雖然當下想轉身走掉，但想了一會兒後，他決定乾脆大方地朝他們那邊走去。

「你們要去河邊嗎？」喬凡尼正打算這麼說，但卻感覺喉嚨像被什麼梗住似地，「喬凡尼，你會有件海獺皮外套喔！」剛剛嘲弄他的賈奈利又大聲喊道。

「喬凡尼，你會有件海獺皮外套喔！」大夥隨即跟著叫嚷了起來。喬凡尼整張臉漲得通紅，不知不覺間已經開始快走準備逃跑，此時他發現坎佩內拉也在那群人之中。坎佩內拉十分同情似的、默默地微笑了一下，並以「你不會生氣吧？」般的眼神看著喬凡尼。

但喬凡尼避開了他的眼神。坎佩內拉那群人走後不久，他們又吹起了口哨。喬凡尼走到轉彎處回過頭看時，看到賈奈利也正回頭張望。坎佩內拉吹起了響亮的口哨，一邊朝對面隱約可見的橋墩走去。喬凡尼不知道為什麼覺得心裡非常寂寞，便突然跑了起來。一群用手遮住耳朵、騷動個不停還一邊單腳跳躍的小朋友們，看到喬凡尼那滑稽的跑步模樣，便哇哇地叫嚷了起來。他大步地奔向黑暗的山丘。

氣象標柱。

あなたの方から見たら
ずいぶん惨憺たる景色でしょうが
わたくしから見えるのは
やっぱりきれいな青空と
透き通った風ばかりです

從你的眼裡看來
是非常慘淡的景象吧
但是我看到的果然還是
美麗的藍天和徐徐的微風而已

MP3
05

牧場的後方是徐緩的山丘，那漆黑而平坦的山頂，在北方大熊星座的映照下，顯得比平常更低，幾乎與天空相連成一片。

喬凡尼沿著佈滿露珠的林間小徑，一步步地爬上山丘。在一片漆黑的雜草叢，以及奇形怪狀的灌木叢中，唯有那條小徑被一道白色星光照耀得十分清晰。草叢中有發著青光的小蟲，許多葉片也顯得透明而青翠，喬凡尼覺得這看起來就像大家剛剛拿在手上，準備帶去慶典的王瓜燈籠。

穿過那片漆黑的松樹和橡樹林後，天空一下子變得十分遼闊，不只可以清楚地看到從南橫亙到北的銀河，也看得見山頂上的氣象標柱。一片像是風鈴草又像野菊花的花海映入眼簾，飄來陣陣彷彿在夢中的香氣。一隻鳥兒不斷鳴叫著掠過天際。

喬凡尼到了山頂的天氣標柱下方，將發熱的身體整個撲倒在冰冷的草地上。

鎮裡的燈光在一片黑暗中，宛如海底宮殿般地亮著，隱約還能聽到孩子們的歌聲、口哨聲，和斷斷續續的叫喊聲。風在遠處咆哮，山丘上的草靜靜地搖晃，喬凡尼那被汗水浸溼的襯衫也跟著變得冰冷，他從城鎮的外郊放眼望著遠處寬闊的漆黑草原。

此時傳來了火車的聲音，車廂上有一排紅色的小車窗。想到車廂裡的旅人們有的削蘋果、有的歡笑著，每個人各自做著自己的事，喬凡尼就無法言喻地覺得悲傷，只能再次抬起頭來仰望著星空。

啊，天空那片白色的衣帶全都是星星組成的呢！

只是不管怎麼看，喬凡尼都不覺得那片天空像白天老師所說的那樣空曠而了無生氣，反倒覺得是一片小森林或牧場，甚至像一片草原。他還看見閃爍著藍光的天琴座，先是有三到四顆星星一閃一閃地，不斷地伸出腳又收回來，最後終於像香菇般伸得長長的。而眼底下的城鎮白茫茫的一片，彷彿群聚著的星星，也宛如一團煙霧一樣。

6

銀河火車站。

さあ、切符をしっかり持っておいで
お前はもう夢の鉄道の中でなしに
本当の世界の火や激しい波の中を
大股にまっすぐ歩いて行かなければいけない
天の川の中でたった一つの
本当のその切符を
決してお前はなくしてはいけない

來吧！好好拿著你的車票
你已經在夢想的鐵道上了
從真實世界裡的火焰和洶湧的浪潮中
要邁開腳步大步大步地往前走才行
在銀河中獨一無二的那張車票
你千萬不能弄丟

MP3
06

喬凡尼發現身後的氣象標柱，不知何時已變成了模糊的三角形標記，並像螢火蟲一樣地閃爍一會兒之後，漸漸變得清晰，最後動也不動地，宛如青色的鋼板似座落在原野上。就像是剛上好顏色的青色鋼板，直挺挺地矗立。

此時不知從何處傳來「銀河火車站、銀河火車站」的奇妙聲音。喬凡尼正思考著這聲音從何而來的時候，眼前突然一片雪亮，彷彿是億萬隻螢烏賊的亮光，一下子變成化石沒入整個天際；又像是商家為了防止掉價，刻意謊稱採集不到，卻不小心被人打翻、整個灑落出來的私藏鑽石。那一下子映入眼簾的一片閃亮，讓他不自覺地揉了好幾次眼睛。

喬凡尼回過神來，發現自己正坐在嘎答作響、不停往前奔駛的小火車上。他居然真的就坐在這輛行駛於夜間小型軌道、車廂裡裝飾著一排黃色小燈泡的火車上，一邊看著窗外。車廂裡鋪著藍色天鵝絨的座椅幾乎沒什麼人影，對面塗上灰色亮光漆的牆上，點著一盞雕成兩朵大牡丹花形狀的黃銅壁燈。

他發覺緊挨著自己前方的座位上，坐著一位穿著溼答答的黑色上衣、正把頭伸出窗外看的高個子男孩。喬凡尼覺得那孩子的肩膀部分看起來很眼熟，總覺得在哪裡看過，忍不住想知道對方究竟是誰。正打算從窗戶探頭出去瞧瞧的同時，那孩子卻突然把頭縮回車廂內，朝喬凡尼的方向看過來。

那個人竟然是坎佩內拉。

當喬凡尼正打算要問他「你一直都在這裡嗎！」的時候，坎佩內拉開口說：

「即使大家都很賣力地跑但還是沒能趕上，賈奈利也跑得很快，不過他也一樣沒追上。」

喬凡尼心想「原來如此，現在是只有我們兩個人一起出來」一邊說：「要不要在哪裡等他們呢？」

但是他卻回答：「賈奈利已經回去了啊，他爸爸來接他了。」

坎佩內拉說話的時候，不知為何臉色有點蒼白，看起來好像哪裡不舒服似的。而喬凡尼也彷彿遺忘了什麼東西在某處一樣，懷著異樣的心情沉默不語。

坎佩內拉再度看向窗外，顯得已經重新振作起精神。他元氣十足地說：

「啊糟了，我忘了帶我的水壺，也忘了帶畫畫本，不過沒關係，馬上就要到達天鵝站了。我真的很喜歡看天鵝，無論牠飛離天河多遠，我一定都能看得到。」坎佩內拉拿出一張宛如圓形薄板的地圖，不停地轉動並看著。那上面有一條軌道，沿著白茫茫的天河左岸一直往南方前進。而那張地圖最神奇的一點，就是在宛如深夜的漆黑圓盤上，有一座座的車站、三角形標記、泉水以及森林，閃爍著藍色、橙色、綠色等等美麗的光芒散落在四處。喬凡尼總覺得自己似乎在哪裡看過那張地圖。

「這地圖是在哪裡買的？這是用黑曜石做的對吧！」

喬凡尼問道。

「這是我在銀河火車站那裡拿的，你沒有拿到嗎？」

「喔！這麼說我剛剛經過的就是銀河火車站嗎？那我們現在……是在這裡吧！」喬凡尼指著天鵝站標示的正北方說。

「是啊。咦？這河畔是月光吧？」

他朝那方向望去，只見閃耀著藍白亮光的銀河畔，有一大片的芒草在銀色天際隨風搖曳，掀起一片片的波瀾。

「那才不是月光，銀河本來就會發光啊！」喬凡尼邊說著，整個人像是要飛上天般地愉悅。不停地用腳踩著地板，將頭探出窗外高聲地吹起《星星之歌》的口哨；又拼命地拉長身體，只為了要仔細地看看天河的水。剛開始什麼也看不清楚，但慢慢地仔細瞧了之後，發現那美麗的河水，遠比玻璃或氫氣都還來得更清澈透明。偶爾還會因為錯覺，看到天河泛起一絲絲紫色的漣漪，邊發出像彩虹般的光芒，靜悄悄地向前不斷奔流。

草原上到處可見發著燐光的三角形標記，距離遠的看起來較小，距離近的看起來較大。遠的三角標呈現出鮮明的橙色與黃色，近的則散發出些許模糊的銀白色。有些是三角形、有些是四方形，有些則呈現出閃電或鎖鏈的形狀，各式各樣的造型，在草原裡閃耀著許多光芒。

喬凡尼感到興奮不已，刻意甩了甩頭。那片美麗的草原裡閃爍著藍色、橙色等許多亮光的三角標，也彷彿獲得新生命似，紛紛抖動了起來。

「我真的到了天上的草原了！」喬凡尼說著。

「而且這輛火車燒的並不是煤炭呢。」他將左手伸出窗外一邊看著前方說。

「應該是用酒精或電氣吧！」坎佩內拉應說。

喀答喀答，這輛美麗的小火車，隨著天際芒草的吹拂，奔馳在天河與三角標記的銀色微光裡，不停地向前。

「啊啊，龍膽草開花了，都已經進入深秋了呢。」坎佩內拉指著窗外說。

鐵軌兩側的低矮雜草叢裡，綻放著一簇簇宛若月長石雕刻而成的美麗紫色龍膽花。

「我跳下去摘，然後再拿回車裡給你看吧！」喬凡尼心情愉快地說。

「來不及了啦，火車都已經跑這麼遠了。」

坎佩內拉話還沒說完，下一簇龍膽花又閃耀著奪目的光芒擦身而去。

一簇又一簇的黃色龍膽花冠彷彿要湧出來一樣、像雨水一樣，不斷從眼前消逝而過。排成一整列的三角形標記，忽隱忽現地從眼前飛逝，如同煙霧或火焰一般地散發出閃耀的光芒。

7

北十字星與普利奧辛海岸。

世界全体が幸福にならないかぎりは
個人の幸福はありえない

在全世界都還沒變得幸福之前
是無法追求個人的幸福的

MP3

「不知道媽媽會不會原諒我呢？」

坎佩內拉突然結結巴巴又急促地說了這句話。

「啊，我媽媽也正在那像顆小塵埃的橙色三角標附近掛念著我吧。」喬凡尼邊想著邊發楞似地沉默不語。

「如果能讓媽媽獲得真正的幸福，我願意為她做任何事情。但究竟什麼樣的幸福才是媽媽最想要的呢？」坎佩內拉似乎正努力地忍著不哭出來。

「你母親不是還好好的嗎？」喬凡尼吃驚地大聲問。

「我不曉得，但是不論是誰，只要做了好事，就會是最幸福的吧！所以我想，媽媽應該會原諒我的。」坎佩內拉看起來意志相當堅定。

此時車廂內變得明亮起來。彷彿聚集了鑽石和草原上的露珠般壯麗而閃耀著光芒的銀河上，晶瑩的水流正無聲無息地流過河床，在河流中央有一座散發出藍白色朦朧光暈的島嶼。島嶼中央的平原上，豎著一個閃耀奪目的白色十字架。即使說是用結凍的北極雲朵所鑄造而成的也不為過，十字架上披著一圈清麗的圓弧金色光暈，靜穆永恆地矗立於那裡。

「哈利路亞、哈利路亞。」聲音分別從車廂的前方與後方響起。回頭一看，只見車廂內的旅客們都肅然起敬地解下大衣的衣褶，有的將黑色聖經抱在胸前、有的戴上水晶念珠。每個人都恭敬地合掌，朝著十字架的方向祈禱著。

他們兩人也不由自主地起身。坎佩內拉的臉頰宛如熟透的蘋果一樣，美麗地閃耀著光芒。

沒多久，那座島嶼以及十字架都漸漸消逝在後方。

對岸散發著藍白色的光暈，有時覺得這應該就是芒草正隨風飄揚吧……瞬間一道銀白色的煙霧升起，看起來簡直就像會呼吸一般。許多的龍膽花在草原裡若隱若現，讓人誤以為是一團團溫和的磷火。

有那麼一瞬間，天河與火車之間全被芒草叢給遮住，隱約可以看到那座天鵝島在火車後方若隱若現，但隨即成了一個小點如畫般消逝在遠處。芒草再度沙沙地作響，已經完全看不到島嶼了。不知道什麼時候喬凡尼的後方坐了一位身材高挑、頭披黑巾的天主教修女，一雙碧綠的眼眸垂視著下方，極為虔誠地聆聽對岸是否有再傳來什麼聲音。旅客們靜靜地回到了自己的座位，兩人的心中都充滿一股未曾有過、而與悲傷相似的心情，於是一副若無其事的樣子，換了不同的話題輕聲交談。

「馬上就快到天鵝站了吧。」

「是啊，會在十一點準時抵達。」

很快地，綠色的信號燈與白茫茫的燈柱從窗外閃逝而過，道岔前方如同硫磺火苗般渾濁朦朧的燈光閃過窗戶之後，火車逐漸地減速。不久，月台上一排排美麗而整齊的電燈映入眼簾，當它們在眼前變得愈來愈大整個排列開來時，兩人搭乘的火車剛好到達天鵝站那只巨大的時鐘前方停了下來。

涼爽的秋季裡，時鐘上有兩支用鋼鐵鍛鑄而成的藍色指針，正直直地指著十一點。所有的人都下了車，車廂內頓時變得空蕩蕩的。

時鐘下方寫著〈停車二十分鐘〉。

「我們也下去看看吧。」喬凡尼提議。

「走吧！」

兩人一同跳出車門奔向剪票口，那裡亮著一盞紫色的燈，不見一絲人影。他們四處張望，沒看到站長或是戴著紅帽的搬運工人人影。

他們走到車站前方，來到一處被宛如水晶雕刻而成的銀杏樹所包圍的小小廣場。那裡有條寬敞的大道，筆直地通往銀河的藍光之中。

剛剛下車的人們不曉得都到哪去了，完全不見蹤影。當兩人併肩走在那條白色的大道上時，他們的影子像四周被窗戶環繞的房間中的兩根柱子，車輪般以輻射狀往四面八方延伸而出。不久後，他們來到了從火車上也看得到的美麗河岸。

坎佩內拉抓起一把美麗的沙子後攤開手掌，一邊用手指攪動，一邊彷彿夢囈般地說著。

「這些沙子全都是水晶，每顆裡面都有一把小火在燃燒著。」

「對啊。」不知在哪裡學過，喬凡尼邊思考邊含糊地回答。

河岸的小石子全都晶瑩剔透，有的像水晶和黃寶石一樣、有的充滿皺褶、有的像是從刀鋒閃耀出如霧氣般蒼白的藍寶石一般。喬凡尼跑到岸邊，將手浸入了水裡。奇特的是那銀河的水，比氫氣還要來得更加透明。兩人手腕浸水的地方，浮現出淡淡的水銀色，而撲打著手腕的波浪，揚起了一陣美麗的亮光，隱隱約約彷彿正在燃燒一般。

順著河岸往上游望去，在長滿芒草的山崖下方，有塊白色岩石像座運動場般沿著河岸展開。那裡有五、六個小小的人影，像是在挖掘或填埋什麼東西似的，一下站一下蹲，不時又有不明的器具發出光芒。

「過去看看吧。」兩人異口同聲地開口說後，便朝那個方向走去。在那白色岩石的入口處，立著一塊光滑的陶瓷標示牌，上面寫著「普利奧辛海岸」。對面的河岸插滿了細細的鐵欄杆，還放有精美的木製長椅。

「咦，有奇怪的東西。」坎佩內拉好奇地停住了腳步，從岩石上撿起一顆有著黑色細長尖頭、像是核桃果實的東西。

「這是核桃喔，你看，有這麼多耶！而且不是被河水沖來的，是本來就在岩石裡面。」

「這些核桃好大喔，比一般的還要大上一倍吧！這顆還完好無缺呢！」

「我們趕快到那裡去吧，他們一定在挖什麼東西！」

兩人手拿著呈鋸齒狀的黑色核桃，一邊往剛剛的方向跑去。左側的河岸上，浪濤宛如柔和的閃電般，邊發出閃光一面靠過來。右側的山崖有一片猶如用銀還是貝殼做成的芒草穗，正迎風搖擺著。

走近一看，有一個高高的戴著一副厚重近視眼鏡、穿著長靴好像是學者的男人，正一邊在記事本裡寫著東西，一邊認真地指揮三位揮舞著十字鎬和鐵鍬的助手進行工作。

「小心別碰壞那邊凸起來的地方，用鐵鍬來鏟，要用鐵鍬。啊！要從旁邊一點的地方開始挖啊！不行不行，怎麼可以這麼粗魯呢！」

仔細一看，在那雪白鬆軟的岩石中橫倒著一架殘缺的巨獸白骨，一行人已經挖出了一大半以上。旁邊還有十幾塊整齊切割成四方形、留有兩只蹄印的岩石，被標上編號擺在地上。

「你們是來參觀的吧！」那位像學者的人，推了一下眼鏡朝這邊說。

「有很多核桃對吧，那些啊！大約是一百二十萬年前的核桃，還算很新的呢！這裡在一百二十萬年前，也就是地質年代的新第三紀時期，是一片海岸喔！所以這底下會發現許多貝殼。現在河水流經的地方，到處都是被鹽水漲潮退潮侵蝕過的痕跡。至於這頭巨獸嘛，牠叫做原牛。喂喂，那邊不能用十字鎬敲，給我小心地用鑿子鑿啊！原牛牠啊，算是現代牛的祖先，以前這裡有很多這種動物呢！」

「要把牠做成標本嗎？」

「不，我們是用來做考證的。就我們的觀察來看，這一帶的地層厚實又堅固，也有許多證據表示這裡的確是一百二十萬年前左右所形成的。但在其他人們的眼裡，能看出這地層的價值嗎？還是說無疑只是一片風、水、和空曠的天際呢？懂了嗎？但是呢…喂喂！不是說那裡不能用鐵鍬敲打了嗎？那下面埋的可能是肋骨啊！」學者急忙地跑了過去。

「沒時間了，我們走吧！」坎佩內拉邊看著地圖和手錶說。

「啊啊！那麼我們就先告辭了。」喬凡尼禮貌地向學者行了個禮。

「是嗎，那再會吧！」學者又匆匆忙忙地四處奔走，繼續監督工程。兩人為了趕上火車拼命地在白色岩石上飛奔，就像風一樣地跑著，但不喘也不覺得腿酸。

喬凡尼心想「這樣跑下來，要繼續跑遍全世界也不成問題吧！」

兩人跑過了剛才經過的河岸，剪票口的電燈逐漸變大了起來。不一會兒，他們已經坐在車廂的座位上，從窗戶眺望剛剛跑過來的地方。

捕鳥人。

人間は他人のことを思いやって行動し
よい結果を得たときに
心からの喜びを感じるものである

設身處地的為別人著想然後去做
得到好的結果之後便打從心底感到快樂
這就是人類

MP3 08

「請問可以坐這裡嗎？」

兩人後方傳來了嘶啞卻令人感到親切的聲音。

那是位穿著有點破爛的咖啡色外套，兩邊肩頭分別揹著用白色布巾捆成的行李，蓄著紅色鬍鬚、有點彎腰駝背的人。

「嗯，可以啊。」喬凡尼聳了聳肩回應了這位先生。他從鬍鬚中露出了淺淺的笑容，慢慢地將行李放到行李架上。喬凡尼突然感到一股難以言喻的寂寞及哀傷，當他默默地凝視正前方的時鐘時，前方傳來一陣清脆的哨音，火車靜悄悄地開動了。坎佩內拉正四處看著車廂裡的天花板，因為有隻黑色甲蟲停在其中的某盞燈上，使天花板上映照出一片巨大的陰影。蓄著紅鬍子的人，覺得這一切很令人懷念似地一邊微笑，一邊看著喬凡尼和坎佩內拉。火車的速度逐漸地加快，芒草與河川不斷地從車窗外消逝而去。

紅鬍子有點膽怯地問他們兩個。

「兩位要去哪裡呢？」

「想去哪就去哪。」喬凡尼有點難為情地回答。

「那真不錯呢！其實，這輛火車可以帶你去任何地方喔。」

「那你又是要去哪裡呢？」坎佩內拉突然挑釁般地問，喬凡尼忍不住笑了出來。結果連坐在對面戴了尖頂帽、腰際垂掛一串大鑰匙的人也朝這邊瞄了一眼笑了。這使得坎佩內拉也不自覺地泛紅臉笑了出來。幸好那人並沒有生氣，只是臉部一面抽動地回了話。

「我馬上就要在那裡下車了，我是靠捕鳥維生的。」

「捕什麼鳥呢？」

「鶴或是雁，還有白鷺鷥和天鵝。」

「有很多鶴嗎？」

「當然有囉！這些鳥兒一路上都在叫啊！你們沒聽到嗎？」

「沒有。」

「現在也聽得到啊！豎起耳朵仔細聽。」

兩人睜大了雙眼仔細傾聽。在答答作響的火車聲，以及吹拂著芒草的風聲中，傳來了一陣宛如水流湧出的潺潺聲。

「你是怎麼捕捉鶴的呢？」

「你是說鶴呢？還是白鷺鷥呢？」

「白鷺鷥。」喬凡尼覺得哪個都無所謂地隨口應答。

「要捕捉牠們不是什麼難事。白鷺鷥是天河的沙子凝固後形成的東西，所以牠們終究還是要回到河邊。只要在河岸等著，在白鷺鷥準備降落，雙腿快著地的瞬間迅速地壓制住牠們，如此一來白鷺鷥就會變得僵硬而安心地死去。之後的就不用說了，把牠壓扁風乾就好。」

「把白鷺鷥壓扁風乾？要把牠做成標本嗎？」

「不是標本啊，大家不是常在吃嗎？」

「真奇怪。」坎佩內拉歪著頭說道。

「這沒什麼好覺得奇怪或是可疑的啊！」那男人起身從行李架取下自己的包裹，俐落地打開來。

「你看，這是我剛才抓到的。」

「真的是白鷺鷥呢！」兩人不自覺地驚呼。彷彿剛剛那座北方的十字架般雪白而發亮的十幾隻白鷺鷥，身軀變得些許平坦，黑色的細腳蜷縮起來，像是浮雕品般地排列著。

「眼睛是閉起來的耶！」坎佩內拉用手指輕輕地摸白鷺鷥那緊閉的細彎白眼，頭上如長槍的白冠毛仍好端端地豎立著。

「我說得沒錯吧。」捕鳥人摺起了包袱巾，俐落地打包並綁了個結。究竟是誰會在這裡吃這些白鷺鷥呢？喬凡尼邊想著邊問。

「白鷺鷥好吃嗎？」

「嗯嗯，每天都有訂單上門，可是雁賣得更好。雁的體格好，最重要的是完全不費事，你們看。」捕鳥人又解開了另一個包裹，身上呈黃藍色的斑點猶如燈光般閃耀的雁，就像剛剛的白鷺鷥一樣鳥喙靠攏在一起，微微平坦的身軀整齊地疊放在一起。

「這些直接就可以吃了，怎麼樣要不要試看看呢？」捕鳥人輕輕地拔了雁鳥黃色的腳，只見它像巧克力做的一樣，一下子就被剝開了。

「如何，嚐一口看看吧？」捕鳥人掰成兩半後遞給他們。喬凡尼稍微嚐了一口，心裡想「什麼嘛不就是點心嗎？雖然比巧克力還好吃，但怎麼會有這種雁鳥在天上飛呢？這個男的大概是在那片草原上開甜點店的吧！不過我覺得他很奇怪還吃人家的點心，實在有點過意不去。」話雖如此他還是大口地吃了。

「要不要再吃一點？」捕鳥人又拿出了包包。喬凡尼雖然想再吃，但還是說「不用了謝謝你。」婉拒了。這次捕鳥人轉而拿給坐在對面那位身上佩掛著鑰匙的人。

「真不好意思，拿了你做生意的東西。」那人趕緊摘下帽子說。

「別客氣，你覺得今年候鳥的情況如何？」

「很不錯呢！前天第二梯次的夜班時，不知道為什麼一直接到電話，抱怨為什麼燈塔在規定的熄燈時間以外把燈光關掉。什麼啊！又不是我們的錯，那是因為候鳥成群結隊，黑壓壓的一片從燈塔前飛過所造成的，根本無計可施嘛，這些混帳東西找我抱怨也沒用啊！所以我就對他們說，你們都去找那位披著斗篷，嘴巴和腿都細到不像樣的候鳥頭目去吧，哈哈。」

因為芒草消失，一道強光從對面的草原射進來。

「為什麼捕白鷺鷥會比較費功夫呢？」坎佩內拉從剛剛就一直很想問。

「那是啊，因為在吃白鷺鷥時……」捕鳥人將身子轉過這邊來。

「必須先將白鷺鷥掛在天河的水源亮光處十天，要不然就得埋在砂子裡三、四天才行。如此一來水銀才會全都蒸發掉，之後才能吃。」

「這根本就不是鳥，只是普通的點心吧！」看來坎佩內拉果然也是在想著同樣的事，他很直接地問道。

但捕鳥人卻露出十分慌張的表情說：「對了對了，我得在這裡下車才行。」隨即拿起了行李，一下子便不見蹤影。

「他上哪去了？」

兩人互看了一眼，而對面那位燈塔看守員卻微笑地稍微挺起身子，朝兩人旁邊的窗子探頭向外看。他們倆也朝那方向看去，只見剛才那位捕鳥人，站在一片閃爍著黃色與銀白色美麗磷光的鼠麴草坪，神情肅穆地展開雙臂，動也不動地凝視著天空。

「他在那裡！好古怪的模樣。一定是正準備要捕鳥吧！趁火車還沒開遠，鳥兒快點飛下來的話就好了！」話還沒說完，突然看見和剛才一樣的白鷺鷥群正鳴叫著，彷彿大量的雪花般從空無一物的桔梗色天際飄落下來。而捕鳥人一副照單全收的模樣，愉悅地將雙腿張開至六十度角牢牢站立著。雙手依序抓住白鷺鷥準備著陸而收縮的黑色細腿，從單側按壓住後放進布袋裡。而白鷺鷥就如同螢火蟲般，在袋中閃爍著藍光後漸漸地熄滅。最後全都變得白茫茫，並闔上了眼睛。

不過，比起被抓走的，有更多鳥兒平安無事地降落在天河的沙灘上，沒有被抓到。當鳥群停留在沙灘上時，鳥爪就如雪融化般地漸漸縮小而變得扁平，然後就像從熔爐裡流出的銅一樣，在沙灘與碎石上蔓延開來。再過一會兒鳥兒的身影便整個附著在沙灘上，閃爍個二、三次後便黯淡了下來，變得跟四周沒什麼兩樣。

捕鳥人抓了二十幾隻放入袋裡後，突然舉高了雙手，正覺得彷彿中彈的士兵臨死前的模樣時，隨即又不見蹤影。

「啊啊，真是痛快。可以找到這麼適合自己的工作賺錢，實在太棒了！」熟悉的說話聲出現在喬凡尼的旁邊。只見那捕鳥人已經在把剛剛捉到的白鷺鷥，整齊地擺好並仔細地重新疊好。

「你為什麼能夠一轉眼就從那裡來這邊？」

喬凡尼總覺得這並沒什麼不可能，但又覺得不合理，於是滿腹疑問地問了捕鳥人。

「為什麼？因為我想來所以就來了啊。那不然你們說說看，自己究竟是從哪裡來的呢？」

喬凡尼原本想馬上回答，但是我們究竟是從哪裡來的呢？他怎麼想也想不出來。就連坎佩內拉也漲紅著臉，像是努力地想要想起什麼。

「哦，你們應該是從遙遠的地方來的吧。」捕鳥人理解般地微微點著頭說。

9

喬凡尼的車票。

もう決して寂しくは無い
何遍寂しくないと言ったとこで
又寂しくなるのは決まっている
けれどもここはこれでいいのだ
すべて寂しさと悲傷とを焚いて
人は透明な軌道を進む

絕對不會再孤單了
不管說了幾次不孤單
卻還是會感覺到寂寞
但是這樣也沒關係啊
把全部的寂寞和悲傷都焚燒掉
我們都沿著透明的軌道前進著

「這一帶已經是天鵝區的盡頭了，你們看，那就是大名鼎鼎的天鵝座觀測站。」

窗外宛若點綴著熱鬧煙火而燦爛炫目的天河中央，矗立著四棟黑色的巨大建築物。其中一棟的屋頂上，有兩顆璀璨奪目、像藍寶石與黃玉般透明的大圓球，靜靜地繞著圈。當黃色的球漸漸往對面繞去時，藍色的小球則慢慢朝眼前而來。不一會兒兩顆球重疊在一起，變成美麗的翠綠色雙面凸透鏡。正中央的部分逐漸變大，最後藍球終於繞到了黃球的正面，形成了綠色核心的閃亮黃色光環。接著繼續往側面移動，這回形成了與之前那面凸透鏡方向相反的形狀，很快地分離後換藍寶石朝對面繞去，黃玉往這邊前進，再度形成剛剛兩者相疊的情況。在銀河無聲無息的水流包圍下，那棟黯黑的氣象台猶如沉睡了似的，靜靜地橫跨在那。

「那是測量水速的機器。水啊…」捕鳥人話才說到一半。

「請各位出示您的車票。」不知何時，三人的座位旁邊站著一位頭戴紅色帽子的高大車掌。捕鳥人沉默地從衣袋裡掏出一張小小的紙片，車掌稍微瞄過一眼後，立即轉移視線，然後詢問似地「那你們的呢？」地用手指比了比，並朝著喬凡尼他們伸出手來。

「這個嘛……」喬凡尼面帶困窘，尷尬地不知該如何是好時，坎佩內拉卻很自然地拿出一張灰色的小車票。這下子喬凡尼可急壞了，邊想著車票會不會剛好就在自己外套的口袋裡，就順勢掏了口袋，沒想到居然真的有一張摺疊好的大紙條。喬凡尼疑惑著「這東西一直都在我口袋裡嗎？」一邊急忙地拿出它。那是一張對摺再對摺、像明信片大小的綠色紙片。因為車掌已伸出手等著接過去看，於是他心想先交給車掌再說。沒想到車掌突然挺身端正地站好，恭敬地打開查看。就連燈塔看守員也很熱切地從下方探頭看著那張紙片，一邊看還一邊不停地擺弄著上衣的鈕扣。喬凡尼一想到那張紙應該是某種證明書時，就覺得心頭有點激動了起來。

「您這是從三度空間帶來的吧。」車掌詢問著。

「我也不知道。」一看已經沒事而頓時感到放心的喬凡尼，抬頭看著車掌，一面輕聲笑地回答。

「沒問題了。我們會在第三時的時候抵達南十字車站。」車掌將紙片還給了喬凡尼，朝前方走去。

坎佩內拉迫不及待地探頭過去，想看那張紙到底是什麼，而喬凡尼自己也想快點瞧瞧。不過，那張整面皆是黑色蔓草花紋圖樣的紙片裡，只印了十幾個奇特的文字。當兩人默不作聲地看著時，覺得自己就像要被吸進去一樣。捕鳥人從一旁偷瞄，不禁驚嘆道：

「哎呀，這可是個不得了的東西呢！只要有這張車票，就連天堂也去得成。不只是天堂，簡直就是暢行無阻、哪兒都能去的通行證。原來你們就是因為有這張車票啊！別說這不完整的幻想四度空間裡的銀河鐵道了，到處都能來去自如啊！你們真是不簡單！」

「我真的不曉得這是怎麼回事。」喬凡尼滿臉通紅地回答，同時將紙片摺好放回口袋。因為感到十分尷尬，就和坎佩內拉再度眺望著窗外，但卻又隱約感覺到，那位捕鳥人頻頻看向這邊，大驚小怪地像是在看什麼了不起的東西似的。

「馬上就要抵達老鷹站了喔。」坎佩內拉拿起地圖，與對岸排在一起的三個小型銀白色三角標相互對照一邊說。

喬凡尼不知為何，突然同情起坐在身旁的捕鳥人。想到他只要捉到了白鷺鷥就顯得開心而雀躍，一邊用白布巾緊緊地捆綁好獵物；還有他偷瞄別人的車票，然後讚嘆不已的樣子。為了這位陌生的捕鳥人，喬凡尼可以把自己身上的東西、食物甚至一切都送給他。只要這個人能夠獲得真正的幸福，自己就算在天河的河岸連續站一百年去捕鳥也都在所不辭。而這股激動的心情，讓他再也無法保持沉默。

他打算問捕鳥人「你真正想要追求的是什麼」，又因為這個問題太過突兀，而思考著該怎麼開口。沒想到回頭一看，捕鳥人卻已不知去向，行李架上的白色行李也不見蹤影。心想它該不會是又在窗外叉開雙腿仰望天際，準備捕捉白鷺鷥。喬凡尼急急忙忙地向外探頭一望，然而外面只有一片美麗的砂礫與白芒草的波濤，看不見捕鳥人那寬闊的背影與尖頂帽。

「那個人到哪裡去了？」坎佩內拉喃喃地說道。

「去哪裡了呢？不知道我們還會不會在哪裡碰面？為什麼我沒有和那個人多聊一點呢？」

「嗯，我也是這麼想。」

「我一開始還覺得那人很煩，所以回想起來好難過。」喬凡尼第一次有如此奇怪的心情，他從來不曾說這種話。

「總覺得有一股蘋果的香味，是因為我現在正想著蘋果嗎？」坎佩內拉露出難以置信的表情，環望著四周。

「真的有蘋果的香味呢。還有野薔薇的花香。」喬凡尼也轉頭，那股香味似乎是從窗外飄進來的。他心想，現在是秋天，照理說是不會有野薔薇的味道才對。

突然間，一位有著一頭烏黑頭髮、年約六歲左右的男孩出現在他們眼前。那男孩身上的紅色外套沒扣上扣子，臉上露出驚恐的表情，赤裸著雙足全身不停顫抖地站著。站在他旁邊的是一位身穿黑色正式服裝的高個子青年，他的姿態宛如疾風吹襲中巍然聳立的櫸樹，並緊緊地牽著男孩的手。

「哎呀，這裡是哪裡啊？真是漂亮呢。」青年的後方出現了一位有著咖啡色瞳孔、年約十二歲左右，身穿黑色外套的可愛女孩，她挽著青年的手臂，一副不可思議的神情盯著窗外。

「啊，這裡是蘭開夏州。不對，是康乃狄克州。也不對，啊！我們來到了天空啊！你看那個標誌就是天空的標誌。已經不用再害怕什麼了，因為我們已經受上帝寵召了。」黑色服裝的青年喜出望外地對女孩說道。但不知為何又皺起了眉頭，看起來疲憊不堪勉強擠出一絲笑容，要男孩坐在喬凡尼的旁邊。

然後他溫柔地向那女孩指了指坎佩內拉旁邊的座位，她乖巧地坐了下來，謹慎地交疊起雙手。

「我要去找姊姊。」才剛坐下那男孩馬上臉色一變，朝著剛坐進燈塔看守員對面座位的青年說道。他不發一語地露出悲傷的神情，凝視著男孩那捲曲又溼答答的頭髮。女孩突然雙手掩面啜泣了起來。

「爸爸和菊代姊姊還有很多工作要做啊，不過他們馬上就會趕過來了。再說媽媽已經期待很久了呢！她一定在想，我的寶貝小正現在在唱什麼歌呢？在下雪的清晨裡，是不是和大家手牽手，一起繞著接骨木樹叢一邊玩耍呢？媽媽是那樣一邊擔心，一邊等待著你，所以還是快點去見她吧！」

「嗯，幸好我沒坐上那艘船呢！」

「是啊，不過你看看這片天空，很棒吧！這麼壯觀的河川。那就是我們夏天的時候，一邊唱著一閃一閃亮晶晶一邊休息，然後在窗外看到的那片白茫茫的東西啊。很漂亮吧！那樣閃閃發光著。」

原本哭泣的姊姊拿出手帕擦乾了淚水，望向窗外。青年細心教導般輕聲地對姊弟倆說：

「我們再也不必為任何事情感到悲傷了，我們正在進行一場美好的旅程，馬上就要抵達上帝所在之處。那個地方既明亮又充滿芳香，還有許多很棒的人。而且代替我們坐上小船的人，一定都能夠獲救，回到焦急等待著他們的父母親身邊、回到自己的家。好了，我們馬上就要抵達了，打起精神來唱些有趣的歌吧！」青年撫著男孩溼溼的髮絲一邊安慰著兩人，自己的臉色也慢慢地恢復了光采。

「你們是從哪裡來的呢？發生了什麼事嗎？」方才那位燈塔看守員，總算看出了點端倪似地問那位青年。他略帶微笑地說。

「我們搭的輪船撞上冰山而沉沒了，這些孩子的父親因為有急事，所以在兩個月前先回國，我們是後來才出發的。我正在念大學，是他們兩個的家庭老師。在到職的第十二天，大概是今天或昨天，輪船撞上了冰山，一下子就傾斜並沉沒在海裡。即使有微微的月光，但整片海面都瀰漫著濃霧。而救難船的左舷有一半已經損毀，根本無法容納所有的人。眼看著船身就要沉沒，我拼命地喊著希望能讓小朋友們坐上船。附近的人們立刻讓出一條路，並由衷地為孩子們祈禱。但到小船的這段路上，還有很多年幼的小孩和他們的雙親在，我實在沒有勇氣去推開他們。不過一想到無論如何我都有義務要拯救這兩個孩子，就打算要推開前面的小孩。

但卻又想到，與其這樣子幫助孩子們，還不如直接帶領他們一起前往上帝的所在之處，對他們而言那才是真正的幸福。至於違逆上帝旨意的罪行，就讓我一人承擔吧，再怎麼樣我也一定要幫助這兩個孩子。但看著眼前的光景，我知道自己根本無法辦到。

眾人將孩子們推進小船後就此訣別，母親們發狂似地親吻著自己的孩子，父親們強忍著悲痛直挺地站著，那場景令人肝腸寸斷。再過沒多久這艘輪船即將沉沒，我已有所覺悟緊緊地抱住兩個小孩等待著船隻下沉，並下定決心要拼命地浮在海面。不知從何處丟來一只救生圈，但因為手一滑而漂向對面。

我拼了命地拆下一塊甲板上的木框，三人牢牢地抓住它。此時不知哪裡傳來一陣歌聲（原文空了兩個字），瞬間大家用各國語言一起跟著大合唱。就在此時突然一陣巨響，我們旋即掉入了海裡，我緊緊地抱住他們兩個，心想應該會被捲進漩渦裡。然而在我回過神來的時候，我們就已經在這裡了。這兩個孩子的母親在前年去世，我相信小船的人一定都能獲救，因為有許多技術熟練的水手划著船，迅速地離開了船邊。」

此時四周響起了一片細微的祈禱聲，喬凡尼與坎佩內拉也隱約想起了許多已經忘記的事，忍不住泛紅了眼眶。

「啊啊……那片汪洋大海應該就是太平洋吧。飄著冰山的北方海面上，那些人乘著小船正在與狂風、就要結凍的海水、以及刺骨的嚴寒拼命地戰鬥著。我實在非常同情那些人們，但是為了那些人的幸福，我究竟能做什麼事呢？」喬凡尼低下頭來，感到悶悶不樂。

「我也不知道什麼才是幸福。但無論遇到多麼難受的事，只要是朝著正確的方向前進，不管是陡坡或低谷，大家都能夠離幸福更進一步的。」

燈塔看守員安慰地說道。

「是啊。為了達到最大的幸福所遭遇的各種悲傷，都是神的旨意。」

青年宛如祈禱般地回答。

而那對姊弟早已筋疲力盡，忍不住靠著椅背沉沉地睡去。剛剛還赤著腳的男孩，不知何時已經穿上了柔軟的白鞋。

火車喀答喀答，規律地延著閃耀燐光的河岸前進。望著對面的窗戶，草原彷彿幻燈片般閃逝而過。成千上百個各種大小的三角標座落其中，而在大三角標上，還看得到閃著紅點的測量旗。草原的盡頭瀰漫著白霧，在對面更遠之處有各式各樣的朦朧烽火，緩緩地飄向那片變化多端而美麗的藍紫桔梗色天際。清心透徹的微風中，充滿了玫瑰花的香氣。

「如何，您應該是第一次看到這種蘋果吧。」坐在對面的燈塔看守員，不知何時膝上出現了幾顆泛著金黃色與紅色美麗光澤的大蘋果，並小心翼翼地用雙手護著以免掉落。

「哎呀，這是從哪裡來的啊。真漂亮！這裡出產這樣的蘋果嗎？」青年吃驚地瞇起了眼睛，側著頭忘我地端詳著燈塔看守員細心捧著的蘋果。

「請拿去吧！別客氣，請享用。」

青年拿了一顆後，看了喬凡尼他們一眼。

「那邊兩位小少爺，也來一顆如何。」

喬凡尼聽到自己被稱為小少爺時有點不開心，但沒有出聲，倒是坎佩內拉禮貌地說了句「謝謝。」於是青年拿了兩顆分別遞給他們，喬凡尼起身接過並道謝。

燈塔看守員總算騰出了雙手，這次換他自己輕輕地各放一顆在正熟睡的姊弟倆膝上。

「真是謝謝您。這麼漂亮的蘋果是在哪裡種出來的呢？」

青年仔細地看著蘋果一邊問。

「這一帶當然也有不少人從事農業，不過這些果實多半是自己成長結果的。雖然說是農業但也不是多辛苦，只要播種自己想要的種子，大部分都能夠自己長大然後豐收。稻米是太平洋岸的品種，無殼而且米粒大十倍，香味也很棒。但你們要前往的地方已沒有農業了，不管是蘋果或點心都沒有，因人而異地全都變成了微弱的香氣，從毛細孔擴散出去。」

那熟睡的男孩突然睜開眼睛說：

「我剛剛夢到媽媽了。她在一個有著大櫥櫃和許多書的地方，邊看著我還笑瞇瞇地對我伸出了手喔！當我對媽媽說『我撿一顆蘋果給妳』的時候就醒過來了。這裡是剛剛的車廂吧？」

「蘋果就在這裡，是那位叔叔給你的喔。」青年如此說道。

「謝謝叔叔。啊！小香姊姊還在睡覺，我來叫醒她吧。姊姊妳看，有人給我們蘋果喔！快起來看！」

姊姊微笑地睜開了眼睛，好像光線極為刺眼般地用雙手遮住眼，然後看了看蘋果。那男孩簡直像在啃蘋果派般迅速地吃起蘋果，而那特地削掉的美麗蘋果皮，在像開瓶器的螺旋狀般垂落到地的瞬間，閃爍出一道灰色光線，然後蒸發不見。

喬凡尼兩人很慎重地將蘋果放進口袋。

在河川下游的對岸，可以看到一片青翠茂盛的廣大樹林，樹枝上結滿了熟透、且泛著紅色光澤的圓形果實。森林之中矗立了一座高聳的三角標，像鐵琴與木琴的協奏曲般，讓人無法用言語形容的美麗音色，彷彿要讓人融化、讓人沉浸一般地，從森林中隨風飄來。

青年不禁感動得全身發抖。

側耳靜靜聆聽，那段旋律就如同一大片橙黃、或淡綠色的明亮草原與地毯般不斷擴展，亦或像純白如蠟般的露水，從太陽表面輕擦而過。

「喔喔！那隻烏鴉！」坎佩內拉身旁那位叫做小香的女孩，大聲地說。

「不是烏鴉，那都是喜鵲啦！」聽到坎佩內拉用沒有惡意，卻又像在斥責般的口氣喊著，讓喬凡尼忍不住笑了出來，女孩則是一臉尷尬的模樣。在河岸一片銀白色的光芒上方，一大群成群結隊的黑鳥動也不動地，沐浴在河川的微光之中。

「喜鵲的頭後方羽毛特別長喔！」青年像是居中調停般地說道。

MP3 10

對面綠色森林裡的三角標，全都朝著火車而來。從火車遠遠的後方，再度傳來了那首熟悉的讚美歌的旋律，似乎是眾多的人們正一起合唱著。青年突然變得臉色蒼白，起身打算直接走到那裡去似地，但卻又改變心意坐回原位。小香用手帕捂住了臉，喬凡尼覺得有點鼻酸。不知不覺間，有人帶頭唱起了那首歌，而且歌聲愈來愈嘹亮，連喬凡尼和坎佩內拉都加入了合唱的陣容。

接著，在看不見青翠橄欖森林後的天河對岸，閃爍著的光芒不斷地往後方流逝而去。從那傳來的奇特樂音，也被火車的轟鳴聲、和呼嘯的風聲給淹沒，只剩下一絲絲微弱的聲響。

「啊，有孔雀耶！」

「對啊，好多喔！」女孩說。

喬凡尼望著那逐漸縮小、只剩下宛如一顆綠色貝殼鈕扣般的森林上方，閃耀著孔雀在張闔翅膀時，所出現的藍白色反光。

「對了，我剛剛有聽到孔雀的聲音喔！」坎佩內拉對小香說。

「是啊，大概有三十隻左右。聽起來像豎琴的全部都是孔雀的聲音喔！」女孩回答道。喬凡尼突然感到一股無法言喻的悲傷，幾乎要繃著可怕的臉說「坎佩內拉，我們從這裡跳下去玩吧」。

河川分流成兩條。在漆黑的小島中央，有一座高聳的城樓，上面站著一位身穿寬鬆服裝、頭戴紅色帽子的男人。他雙手分別拿著紅色與藍色的旗子，仰望天空打著信號。當喬凡尼看著那男人時，只見他頻頻揮舞著紅旗，再迅速地將紅旗藏在身後，隨即高高舉起藍旗，彷彿交響樂團的指揮般，奮力地揮動著旗幟。瞬間，天空傳來一陣宛如降雨的聲音，一團團黑壓壓的東西如同子彈一般，迅速地朝河川方向飛撲而去。喬凡尼忍不住探出半個身子朝窗外看。在美麗桔梗色的空蕩天際下，有數以萬計的小鳥分成好幾群，各自忙碌不已地一邊啼叫一邊飛過。

「鳥兒飛過去了呢！」喬凡尼在窗外說。

「我看。」坎佩內拉也跟著眺望天際。此時那個衣著寬鬆的男人，突然舉起紅旗發狂似地揮舞了起來，鳥群不再飛渡而過。此時，在河川下游處響起了彷彿倒塌的聲音。一陣寂靜之後，那位戴著紅帽子的信號手，又舉起了藍旗叫喊著。

「現在正是飛的時候啊候鳥們！現在正是飛的時候啊候鳥們！」那聲音聽起來清晰而嘹亮。此時，數以萬計的鳥群再度翱翔至天際。那女孩將身子探出他們倆中間的窗戶外，抬起散著光輝的美麗臉龐，興高采烈地仰望著天空。

「真的有好多鳥喔！天空真的好美呢！」女孩對著喬凡尼搭話。但喬凡尼只覺得她是個自大而討厭的人，便緊閉著雙唇繼續仰望天際。女孩微微地嘆了口氣，默默坐回到位置上。坎佩內拉很同情似地從窗戶抽回身體，看起了地圖。

「那個人是在引導鳥兒吧！」女孩悄悄地問坎佩內拉。

「是在做信號給候鳥，我想是因為附近有狼煙升起吧！」坎佩內拉不太有把握地說。接著車廂內陷入了一陣靜默。喬凡尼雖然也想回到車廂內，但因為到明亮的地方，會讓他感到很痛苦，只好默默地保持原來的姿勢站著，並吹起了口哨。

「為什麼我會這麼悲傷？我得讓心胸美麗而寬闊才行。從這裡可以看到對岸像煙霧般的小藍火，它看起來寂靜又冰冷，我要好好看著它來撫平我的內心。」

喬凡尼用雙手按住發熱疼痛的頭部，望向那一邊。

「唉…真的沒有人能夠一直陪著我走下去嗎？就連坎佩內拉也去跟那種女孩開心地聊天了，我真的好難受啊。」喬凡尼眼裡不禁湧出滿滿的淚水。天河也愈走愈遠似，最後只看得見白茫茫的一片。

火車逐漸遠離河川，行駛到懸崖上方，對面的河岸沿著漆黑的山崖，往下游方向逐漸高昇。忽然間一棵高大的玉米樹映入眼簾，在捲曲皺褶的葉片底下，美麗而鮮綠的偌大玉米苞，已吐露出艷紅的玉米鬚，還能隱約看到珍珠般的玉米粒。愈來愈多的玉米樹排列於山崖與鐵軌之間，喬凡尼從窗外抽回身子，朝對面車窗望去，一直到那美麗的空中草原的地平線為止，全都種滿了巨大的玉米樹，它們隨著風徐徐擺動、沙沙作響。露珠佈滿在捲曲又茂密的玉米葉上，彷彿白天充分地吸收陽光後的鑽石一樣，不停地閃爍著紅綠相間的晶瑩光芒。

坎佩內拉對著喬凡尼說「那是玉米樹吧。」但喬凡尼卻還是提不起勁，依舊眺望著草原，並淡淡地回了一句「應該吧。」此時火車開始漸漸安靜下來，經過了幾盞信號燈與道岔的指示燈後，停在一座小型車站裡。

位於正前方的藍白色時鐘，準確地顯示現在是第二時。此時沒有風、而火車也靜止著，在這萬籟俱寂的草原中，唯有那只鐘擺正滴答滴答，正確地刻著時間。

在不絕於耳的鐘擺聲裡，隱約能聽到從遙遠的草原盡頭傳來的，像線一樣的一絲旋律聲。「這是新世界交響樂呢。」姊姊彷彿自言自語般地，看著這邊輕聲說道。此時，包括那位穿著黑衣的高個子青年，以及車廂內的所有人，都正徜徉在一場溫柔的夢境中。

「在如此恬靜而舒適的時刻，為什麼我不能再更愉快一點呢？為什麼我會感到這麼孤單又寂寞呢？但是坎佩內拉也太過份了！明明我才是跟他一起搭這輛火車的人，但他卻一直和那種女生聊天，真是讓我難過。」喬凡尼用雙手遮住半邊臉龐，凝視著對面的窗外。當彷彿玻璃般透亮的汽笛聲響起時，火車開始靜靜地駛動，坎佩內拉也很寂寞似地，吹起了小星星的口哨。

「喔！這裡已經到了高原啦！」後方傳來了一位年長者剛睡醒時，那爽朗的聲音。

「這裡的玉米樹，如果不先用棒子挖個二尺深的洞再播種，是長不出來的呢。」

「原來如此。這裡距離河水有相當遠的一段距離吧。」

「是啊是啊，距離河水起碼有兩千尺到六千尺之遠。這裡簡直就是險峻的峽谷。」

喬凡尼總覺得這裡應該是科羅拉多的高原，坎佩內拉再度很寂寞似地，獨自一人吹起口哨。女孩的臉蛋宛如被絲綢包裹的蘋果般光潤，正朝著喬凡尼所注視的方向望去。

玉米林突然間全部消失，一片漆黑的大草原迅速蔓開。新世界交響樂終於從地平線的盡頭清晰地浮現，而在黑黝黝的草原中站著一位印第安人，他頭上插著白色羽毛，手腕與胸前佩帶著許多裝飾的石頭，並將箭搭在弓上，一股腦兒拼命地追趕著火車。

「哎呀，是印第安人耶！是印第安人耶！你們看。」

穿著黑衣服的青年睜大眼睛，喬凡尼與坎佩內拉也站起來看。

「跑過來了！哎呀！追過來了，他是在追火車吧！」

「不對，他不是在追火車，是在打獵或跳舞吧！」青年似乎忘了自己身在何處，將雙手插進口袋站起來說道。

看情形印第安人大概是在跳舞吧。因為若真是要追趕火車，沒必要跳這舞步，應該會更認真地追才對。突然間那片醒目的白色羽毛整個往前傾，印第安人筆直地站住，並敏捷地拉弓射向天際。一隻鶴搖搖晃晃地墜落下來，不偏不倚地掉進張開雙臂向前奔來的印第安人懷中，他很開心似地露出笑容站在那。沒多久，他抱著白鶴朝這邊眺望的身影逐漸變小，電線桿的絕緣瓷瓶陸陸續續閃出兩道光芒之後，玉米樹林又再度出現。從這邊的車窗看去就能發現，這輛火車真的是行駛於高聳陡峭的懸崖上方，而谷底的河川依舊幅員遼闊地奔流著。

「啊啊！從這裡開始就是下坡路了。而且還會一口氣直達水平面，這可真不是件容易的事。這種傾斜的角度，火車是不可能從另一邊駛過來這邊的。瞧，速度已經愈來愈快了。」剛才那個像老人的聲音開口說道。

火車逐漸朝下方行駛而去。當鐵軌來到懸崖邊時，終於可以看到下方清澈的河流。喬凡尼覺得心情開朗了起來，當火車行駛過一間小屋前方，他看見有個無精打采的小孩站在那朝這邊張望時，還忍不住喊了一聲。

火車不斷地向前飛駛。車廂內半數以上的乘客，都好像快向後方摔倒一樣緊緊抓住座椅，喬凡尼和坎佩內拉忍不住笑了起來。火車旁的天河，比往常更顯得波濤洶湧，波光瀲灩地不停閃爍著，淡紅色的河岸上瞿麥花四處綻放。火車終於平穩下來，緩緩地繼續行駛。

對面以及這邊的岸上都豎立著繪有星星和十字鎬圖案的旗幟。

「那是什麼旗子呢？」喬凡尼終於開口說話了。

「我不太清楚耶，地圖上也沒註明。那邊還有艘鐵船呢！」

「是啊。」

「會不會是在架橋呢？」女孩開口說道。

「喔，那應該是工兵的旗幟吧！他們在進行架橋作業的演習，但怎麼不見部隊的蹤影呢？」

此時在對岸的下游處，天河的水流突然閃出亮光，瞬間躍起一道高高的水柱，並發出劇烈的聲響。

「是爆破，是爆破啊！」坎佩內拉不禁跳了起來。

當那高高湧起的水柱退去之後，肥碩的鮭魚與鱒魚露出白色耀眼的腹部，被直直地拋向空中，畫了個圓圈後又再次落入水裡。喬凡尼也相當雀躍，心情變得輕鬆愉快。

「是天空的工兵大隊。你看，沒想到鱒魚居然可以跳得這麼高！我從來沒經歷過這麼開心的旅行，真好！」

「不靠那麼近看，還不知道鱒魚這麼多呢！這水裡的魚好多喔！」

「也有小魚吧！」那女孩被話題吸引，湊過來加入談話。

「應該有吧！有大的就一定會有小的啊。不過距離實在太遠了，看不到小隻的！」喬凡尼的心情已經完全好轉，興致勃勃地回答著那女孩。

「那個一定是雙子星王子的宮殿吧！」小男孩突然指著窗外叫了出來。

在右邊低矮的山丘上，有兩座宛如用小水晶堆砌而成的宮殿。

「什麼是雙子星王子的宮殿啊？」

「我以前聽媽媽說過好幾次，是兩座用水晶打造的小宮殿，所以絕對錯不了！」

「說來聽聽，雙子星王子是在做些什麼呢？」

「我也聽過喔！雙子星王子會跑到草原上玩，還和烏鴉吵架對吧！」

「才不是這樣呢！你聽我說，就在天河岸邊啊！媽媽說……」

「然後彗星就咻咻咻咻咻地衝過來沒錯吧！」
「討厭啦小正！根本就不是那樣！那是另一個故事啦！」
「所以接下來才會在那裡吹著笛子吧！」
「是要到海邊了啦！」
「不對啦，早就從海裡上岸了！」
「對對，我知道了！讓我講吧！」

此時河川對岸突然變得一片通紅，柳樹等等所有的東西都在一片漆黑當中。原本不見蹤跡的天河波瀾，正閃爍著宛如針狀的點點紅光。對岸的草原上似乎燃起了豔紅大火，滾滾的黑色濃煙，彷彿要將冷冽的桔梗色天空烤焦一樣。熊熊燃燒的火焰比紅寶石更鮮紅剔透，比鋰輝石更加美麗而令人陶醉。

「那是什麼火啊？要燃燒什麼才能發出如此通紅的火焰呢？」喬凡尼說。

「那是蠍子之火。」坎佩內拉目不轉睛地看著地圖回答。

「喔，蠍子之火啊？我知道啊！」

「蠍子之火是什麼？」喬凡尼問道。

「蠍子被燒死了啊。而那場火一直燒到現在，我聽爸爸說過好幾次這故事了。」

「蠍子是昆蟲吧！」

「是啊，蠍子是昆蟲，而且還是益蟲呢！」

「蠍子才不是益蟲呢！我在博物館看過泡在酒精裡的蠍子，尾巴那邊還有毒刺，老師說如果被牠螫到的話會死掉喔！」

「是沒錯，但牠是益蟲喔，我爸爸是這麼說的。從前在巴爾杜拉草原上，有一隻蠍子專門殺小蟲子來吃，有一天蠍子遇到了黃鼠狼，眼看就快被吃掉。牠拼命地逃跑，快要被抓到的時候，卻掉進了一口井裡。蠍子怎麼爬也爬不上來，就快要溺死在井裡。此時牠在內心祈禱著：『唉，我以前不曉得吃了多少生命。如今換成我被黃鼠狼追捕。這麼狼狽地拼命想要逃跑，最後還是落到這種地步。唉，現在已經毫無希望了。為什麼我不能乖乖地讓黃鼠狼吃掉呢？如此一來牠還能夠多活一天呢！上天啊，請體察這份心意，不要拋棄我這卑微的生命。請使用我的身軀讓眾人幸福吧！』蠍子看著自己的身體燃起赤紅而美麗的火焰，照亮了闇黑的夜。爸爸說，火焰至今依舊持續地燃燒著，那就是蠍子之火。」

「是啊，你們看！那邊的三角標剛好排列成蠍子的形狀呢。」

喬凡尼也覺得，大火對面的三個三角標就像是蠍子的臂膀，靠近這邊的五個三角標，就如同蠍子尾巴末端的毒刺。而那片通紅艷麗的蠍子之火，正無聲無息又耀眼地燃燒著。

那團火光逐漸朝後方逝去，大家靜靜地聽著交雜各種樂器的熱鬧聲響與花草的芳香，還有口哨聲以及人們喧嘩的聲音。感覺就像是附近的小鎮正在舉辦著某些慶典似的。

「半人馬座，快降下露水吧！」一直睡在喬凡尼身旁的男孩突然看著對面的窗戶叫了起來。

那裡有像聖誕樹一樣翠綠的檜樹與樅樹，它們全都裝飾著許多小燈泡，彷彿聚集了數以千計的螢火蟲般閃爍不已。

「對了，今晚是半人馬座慶典呢。」

「沒錯，這裡是半人馬村。」坎佩內拉馬上回應說。

（以下原稿缺一頁）

「投球我可是投得很準的！」

男孩非常自豪地說。

「馬上就要抵達南十字站了，做好下車的準備吧。」青年對姊弟倆說。

「我還想要繼續坐火車！」男孩說。坎佩內拉旁邊的女孩忐忑不安地站了起來準備下車，但似乎還是不願意與喬凡尼他們分開的樣子。

「我們一定要在這裡下車。」青年繃著臉低頭看著男孩說。

「不要，我還要再坐一段火車再去。」

喬凡尼忍不住說：「那和我們一起繼續搭下去吧！我們有可以到達任何地方的車票！」

「可是我們一定得在這裡下車才行，因為這裡可以通往天國。」女孩寂寞地說。

「又不一定得到天國去才行！老師說過，我們必須在這裡創造出比天國更美好的地方才行啊！」

「可是媽媽也已經先過去了，再加上這一切都是神的旨意啊！」

「那種神是騙人的神。」

「你信的就是位騙人的神！」

「才不是呢！」

「那麼，你信仰的神是什麼樣的神？」青年笑著問道。

「其實我也不懂，不過真正的神應該不是那樣，而是就只有那麼一位而已。」

「真正的神當然是只有一位啊。」

「沒錯，獨一無二的真正的神。」

MP3 11

「這樣就對了。我真心祈禱能和你們一起去見真神。」青年虔誠地合起雙手說，女孩也合起了雙手。大家看起來都十分依依不捨，臉色顯得有些蒼白，而喬凡尼險些就要放聲大哭。

「已經準備好了嗎？我們馬上就要抵達南十字站了。」

此時，在看不見的天河下游遠方出現了綴滿藍色、橙色光彩奪目的十字架，宛如一棵大樹般矗立於河中。繚繞在上方的環狀銀白色雲朵，像光暈般地懸掛於天際。車廂裡人聲鼎沸，就像上次在北十字星一樣，眾人紛紛起身開始祈禱。隨處可聽見孩童們興奮地奔向食物時的歡呼聲，和難以形容的恭謹的嘆息聲。十字架漸漸朝窗外迎面而來，宛若蘋果果肉般潔白的環狀雲朵，也徐徐地繚繞著。

「哈利路亞、哈利路亞。」眾人開朗歡欣的呼聲響徹雲霄。從那蒼涼天際的遠處，傳來了一陣清澈而極其嘹亮的喇叭聲。在一片閃爍的信號燈與燈光下，火車逐漸減速，最後駛進十字架的正對面，慢慢地停了下來。

「好，我們要下車了！」青年牽起了男孩的手，邁開步伐走向出口。

「那麼再會了。」女孩回頭向兩人道別。

「再見。」喬凡尼強忍淚水，耍脾氣似僵硬地回答。女孩非常難過似地睜大了雙眼，再次回頭望了他們一眼，才默默地走出車廂。火車上的旅客已經走了一大半，顯得格外地空蕩而寂寞，一陣陣強風吹進了車廂。

往外一看，發現眾人十分虔敬地排著隊伍，跪在十字架前方的天河岸邊。然後兩人看見一位身穿白衣的人，橫渡不見形影的天河，伸出手朝這裡走來。像玻璃般的清脆汽笛聲響起，火車開始向前移動，銀白色的霧氣隨之從河川下游迎面而來，便再也看不清任何東西。只見許多核桃樹的葉片紛紛閃耀發光，帶有金色光暈的電松鼠，也不時探出那可愛的臉孔，在霧裡四處張望著。

此時迷濛的霧氣又倏然散去，出現一條點著一排小燈泡、不知通往何處的街道。不過火車還是沿著鐵路前進。當他們通過小燈泡前方時，那細微昏黃的燈光會像在打招呼般地，突然熄滅，然後又再度亮起。

當他們回頭看，剛才的十字架已完全變小，感覺好像可以直接拿來掛在胸前一樣。剛才的女孩和青年，不知是否還依然跪在那片白色的河岸上？還是已經前往那不知道方向的天國了？眼前一片模糊迷離，讓人無從分辨。

喬凡尼深深地嘆了口氣。

「坎佩內拉，又只剩下我們兩個了，無論到哪裡我們都要在一起喔！我要像那隻蠍子一樣，只要是為了大家的幸福，就算身體被燃燒數百遍也無所謂。」

「嗯，我也是。」坎佩內拉眼裡泛出了美麗的淚光。

「但是真正的幸福究竟是什麼呢？」喬凡尼喃喃說道。

「我也不知道。」坎佩內拉悵然地回答。

「我們好好努力吧！」喬凡尼心裡湧現了一股全新的力量，他深深地吸了口氣說。

「啊！那不是暗黑星雲嗎！天空中的洞啊！」坎佩內拉避開話題似地，用手指向天河的某一處。喬凡尼看到時不禁倒抽一口氣，天河裡竟然出現了一個極大的黑色洞穴。那黑色洞穴究竟有多深？裡面到底有些什麼？無論他怎麼揉眼睛也看不見，只是覺得眼睛十分刺痛而已。

喬凡尼說：

「就算是那巨大的黑闇我也不怕了，我一定要去尋找屬於大家真正的幸福！不管要去哪裡我們都要一起去喔！」

「嗯，一起去吧。啊！那邊的草原真美！大家都聚集在那，想必那裡就是天國吧。啊！在那裡的是我媽媽耶！」坎佩內拉突然指著窗外遠處的美麗草原，大聲地喊了出來。

他朝那方向看去，只見一片白茫茫的霧氣，並沒有坎佩內拉所說的那些景象。於是一股無法言喻的寂寞油然而生，喬凡尼有點恍神地望著對岸。對面河岸上的兩根電線桿，宛如交叉著手臂般地，架著一根紅色橫木豎立在那裡。

「坎佩內拉，我們要一起去喔。」喬凡尼邊說邊回過頭時，發現到剛剛一直都還在座位上的坎佩內拉已不見蹤影，只剩下黑色的天鵝絨座椅閃閃發亮著。他如子彈般突然站起身，不想被任何人聽見似地將身體探出窗外，竭盡全力捶打著胸膛嘶吼，扯開喉嚨痛哭失聲，他覺得周圍變得一片漆黑。

喬凡尼睜開了眼睛，原來他因為太過疲憊，躺在山丘的草地上睡著了。他感到心裡很不舒服，熱烘烘的臉頰流著冰涼的淚水。

喬凡尼像彈簧般迅速起身。城鎮和剛才一樣燈火通明，但似乎變得更溫暖。方才還在夢裡散步過的天河，現在一如往昔白茫茫地橫掛在天際，漆黑的南方地平線上空彷彿佈滿煙霧，右側的天蠍座紅星閃閃發光。天空整體的排列幾乎沒有任何變化。

喬凡尼一口氣跑下山丘，心裡一直惦記著尚未吃晚餐、還在等待著自己的母親。他不停地奔跑，穿越黑壓壓的松樹林，繞過白色牧場的柵欄，從剛才的入口處再次走向陰暗的牛舍前方。這次多了一輛沒看過的車，似乎有人剛回來的樣子，車上還放著兩只木桶。

「晚安！」喬凡尼喊了一聲。

「來了。」一位穿著寬鬆白長褲的人隨即走了出來。

「有什麼事嗎？」

「我們家今天沒有收到牛奶。」

「啊，真是抱歉。」那人馬上從裡面拿來一只牛奶瓶遞給喬凡尼，接著說：

「真的很抱歉，今天下午我不小心忘了關小牛的柵欄，結果裡面那隻帶頭的小牛馬上就跑到母牛那兒，喝掉了大部分的牛奶呢……」那個人笑著說道。

「原來如此。那麼我就拿回去了。」

「嗯嗯，真是不好意思。」

「不會。」

喬凡尼用雙手抱著還溫熱的牛奶瓶，走出了牧場的柵門。

他走過了一段林蔭道來到大街，再往前走了一會兒到十字路口。右邊的街道旁邊，就是剛剛坎佩內拉他們去放燈籠的河川，橫跨在河川上的那座大橋，朦朧地矗立在夜空裡。

在十字路口街角和店家前面聚集了七、八個女人，她們邊看著橋墩的方向邊細聲地談論著。橋上也閃爍著許多燈光。

喬凡尼不知為何心涼了半截，然後突然大聲問附近的人：

「發生什麼事了嗎？」

「有小孩掉進水裡了。」有人回答，其他人不約而同地看向喬凡尼。他不顧一切地朝那座橋飛奔而去。橋上擠滿了人，完全看不見河流，穿著白色制服的警察也出動了。

喬凡尼從橋墩飛快地跑向下方寬廣的河岸。

沿著河岸的水邊，許多人舉著燈火匆匆忙忙地到處走。對面黑漆漆的岸邊也有七八個燈火在移動著。河川裡早已不見王瓜燈籠的影子，只剩下灰暗的河水靜靜地流動著。

河岸下游的盡頭有一片沙洲，聚集了很多人。喬凡尼跑到那裡，沒想到竟然遇到剛剛和坎佩內拉在一起的馬魯索。他朝他跑來。

「喬凡尼，坎佩內拉掉進河裡了。」

「怎麼會這樣！什麼時候掉進去的？」

「賈奈利本來想從船上把王瓜燈籠推進河裡，結果船一個搖晃他就掉下去了。坎佩內拉看到馬上跳進河裡把賈奈利推向船邊，加藤抓住了他，但是坎佩內拉卻失去了蹤影。」

「大家都在找吧。」

「是啊，大家馬上就趕來，坎佩內拉的爸爸也來了。不過還是沒有找到，賈奈利已經被帶回家了。」

喬凡尼朝眾人聚集的地方走去，坎佩內拉的父親被學生和鎮上的人們團團圍住。有著白色尖下巴的他，身穿黑色衣服筆直地站著，同時緊盯拿在右手的手錶。

眾人凝視著河川，沒有人說話。喬凡尼的雙腳忍不住劇烈地顫抖起來。大量捕魚用的乙炔燈忙碌地來回穿梭，照亮了黑暗河流裡不時閃現的小波浪。

下游處，遼闊的銀河倒映在河面上，看起來就像沒有河水一樣，彷彿真正的星空。

喬凡尼無奈地覺得，坎佩內拉會永遠待在銀河的某個角落了。

但大家還是希望，他會突然從波浪中探出頭說「我游了好久喔！」或是站在某個沒人知道的沙洲，等著有人前去搭救。此時坎佩內拉的父親斷然說道：

「已經不行了，落水到現在，已經超過四十五分鐘了。」

喬凡尼想也不想地衝到博士面前，想告訴他自己知道坎佩內拉的去向，因為剛剛他一直和他在一起！但喉嚨卻好像噎住似地，什麼話都說不出來。博士以為喬凡尼是來問候的，便仔細端詳了他一陣子。

「你是喬凡尼吧！今晚謝謝你來到這裡。」博士親切地對他說。

喬凡尼什麼話也說不出口，只是一勁地行禮。

280
260
240
220
SW
W
NW
S
SE
NE
E
40
60
80
Fort St.
Andrew
ward
Black
bog
Bay

「你的父親回來了嗎？」博士緊握著手錶又問。

「還沒。」喬凡尼微微地搖著頭。

「怎麼回事？他前天還寄了封精神百倍的信給我，應該是這幾天就會抵達了吧！有可能是船延遲了！喬凡尼，明天下課後和大家一起到我們家來玩吧！」

說完後，博士又再度將視線移向下游映滿銀河的河面，凝視著河水流逝而去。

喬凡尼百感交集，默默地從博士面前離開。他想要儘快把牛奶拿給媽媽，並跟她說爸爸就快要回來的事，於是匆忙地沿著河岸往街道的方向跑去。

MP3
12

一、午後の授業

「ではみなさんは、そういうふうに川だといわれたり、乳が流れたあとだといわれたりしていたこのぼんやりと白いものがほんとうは何かご承知ですか。」先生は、黒板に吊るした大きな黒い星座の図の、上から下へ白くけぶった銀河帯のようなところを指しながら、みんなに問いかけました。

カムパネルラが手をあげました。それから四、五人手をあげました。ジョバンニも手をあげようとして、急いでそのままやめました。たしかにあれがみんな星だと、いつか雑誌で読んだのでしたが、このごろはジョバンニはまるで毎日教室でもねむく、本を読むひまも読む本もないので、なんだかどんなこともよくわからないという気持ちがするのでした。

ところが先生は早くもそれを見附けたのでした。

「ジョバンニさん。あなたはわかっているのでしょう。」

ジョバンニは勢いよく立ちあがりましたが、立って見るともうはっきりとそれを答えることができないのでした。ザネリが前の席からふりかえって、ジョバンニを見てくすっとわらいました。ジョバンニはもうどぎまぎしてまっ赤になってしまいました。

先生がまたいいました。

「大きな望遠鏡で銀河をよっく調べると銀河は大体何でしょう。」

やっぱり星だとジョバンニは思いましたが、こんどもすぐに答えることができませんでした。

先生はしばらく困ったようすでしたが、眼をカムパネルラの方へ向けて、「ではカムパネルラさん。」と名指しました。するとあんなに元気に手をあげたカムパネルラが、やはりもじもじ立ち上がったままやはり答えができませんでした。

先生は意外なようにしばらくじっとカムパネルラを見ていましたが、急いで「では。よし。」といいながら、自分で星図を指しました。

「このぼんやりと白い銀河を大きないい望遠鏡で見ますと、もうたくさんの小さな星に見えるのです。ジョバンニさんそうでしょう。」

ジョバンニはまっ赤になってうなずきました。けれどもいつかジョバンニの眼のなかには涙がいっぱいになりました。そうだ僕は知っていたのだ、もちろんカムパネルラも知っている、それはいつかカムパネルラのお父さんの博士のうちでカムパネルラといっしょに読んだ雑誌のなかにあったのだ。それどころでなくカムパネルラは、その雑誌を読むと、すぐお父さんの書斎から巨きな本をもってきて、ぎんがというところをひろげ、まっ黒な頁いっぱいに白い点々のある美しい写真を二人でいつまでも見たのでした。それをカムパネルラが忘れるはずもなかったのに、すぐに返事をしなかったのは、このごろぼくが、朝にも午后にも仕事がつらく、学校に出てもうみんなともはきはき遊ばず、カムパネルラともあんまり物をいわないようになったので、カムパネルラがそれを知って気の毒がってわざと返事をしなかったのだ、そう考えるとたまらないほど、じぶんもカムパネルラもあわれなような気がするのでした。

先生はまたいいました。

「ですからもしもこの天の川がほんとうに川だと考えるなら、その一つ一つの小さな星はみんなその川のそこの砂や砂利の粒にもあたるわけです。またこれを巨きな乳の流れと考えるならもっと天の川とよく似ています。つまりその星はみな、乳のなかにまるで細かにうかんでいる脂油の球にもあたるのです。そんなら何がその川の水にあたるかといいますと、それは真空という光をある速さで伝えるもので、太陽や地球もやっぱりそのなかに浮かんでいるのです。つまりは私どもも天の川の水のなかに棲んでいるわけです。そしてその天の川の水のなかから四方を見ると、ちょうど水が深いほど青く見えるように、天の川の底の深く遠いところほど星がたくさん集まって見えしたがって白くぼんやり見えるのです。この模型をごらんなさい。」

先生は中にたくさん光る砂のつぶの入った大きな両面の凸レンズを指しました。

「天の川の形はちょうどこんななのです。このいちいちの光るつぶがみんな私どもの太陽と同じようにじぶんで光っている星だと考えます。私どもの太陽がこのほぼ中ごろにあって地球がそのすぐ近くにあるとします。みなさんは夜にこのまん中に立ってこのレンズの中を見まわすとしてごらんなさい。こっちの方はレンズが薄いのでわずかの光る粒すなわち星しか見えないのでしょう。こっちやこっちの方はガラスが厚いので、光る粒すなわち星がたくさん見えその遠いのはぼうっと白く見えるというこれがつまり今日の銀河の説なのです。そんならこのレンズの大きさがどれくらいあるかまたその中のさまざまの星についてはもう時間ですからこの次の理科の時間にお話しします。では今日はその銀河のお祭りなのですからみなさんは外へでてよくそらをごらんなさい。ではここまでです。本やノートをおしまいなさい。」

そして教室中はしばらく机の蓋をあけたりしめたり本を重ねたりする音がいっぱいでしたがまもなくみんなはきちんと立って礼をすると教室を出ました。

MP3
13

二、活版所

ジョバンニが校の門を出るとき、同じ組の七、八人は家へ帰らずカムパネルラをまん中にして校庭の隅の桜の木のところに集まっていました。それはこんやの星祭りに青いあかりをこしらえて川へ流す烏瓜を取りに行く相談らしかったのです。

けれどもジョバンニは手を大きく振ってどしどし学校の門を出て来ました。すると町の家々ではこんやの銀河の祭りにいちいの葉の玉をつるしたりひのきの枝にあかりをつけたりいろいろ仕度をしているのでした。

家へは帰らずジョバンニが町を三つ曲がってある大きな活版処にはいってすぐ入り口の計算台にいただぶだぶの白いシャツを着た人におじぎをしてジョバンニは靴をぬいで上がりますと、突き当たりの大きな扉をあけました。中にはまだ昼なのに電燈がついてたくさんの輪転器がばたりばたりとまわり、きれで頭をしばったりラムプシェードをかけたりした人たちが、何か歌うように読んだり数えたりしながらたくさん働いておりました。

ジョバンニはすぐ入り口から三番目の高い卓子に座った人の所へ行っておじぎをしました。その人はしばらく棚をさがしてから、

「これだけ拾っていけるかね。」といいながら、一枚の紙切れを渡しました。ジョバンニはその人の卓子の足もとから一つの小さな平たい函をとりだして向こうの電燈のたくさんついた、たてかけてある壁の隅の所へしゃがみ込むと小さなピンセットでまるで粟粒ぐらいの活字を次から次と拾いはじめました。青い胸あてをした人がジョバンニのうしろを通りながら、

「よう、虫めがね君、お早う。」といいますと、近くの四、五人の人たちが声もたてずこっちも向かずに冷たくわらいました。

ジョバンニは何べんも眼を拭いながら活字をだんだんひろいました。

六時がうってしばらくたったころ、ジョバンニは拾った活字をいっぱいに入れた平たい箱をもういちど手にもった紙きれと引き合わせてから、さっきの卓子の人へ持って来ました。

その人は黙ってそれを受け取って微かにうなずきました。

ジョバンニはおじぎをすると扉をあけてさっきの計算台のところに来ました。するとさっきの白服を着た人がやっぱりだまって小さな銀貨を一つジョバンニに渡しました。ジョバンニはにわかに顔いろがよくなって威勢よくおじぎをすると台の下に置いた鞄をもっておもてへ飛びだしました。それから元気よく口笛を吹きながらパン屋へ寄ってパンの塊を一つと角砂糖を一袋買いますと一目散に走りだしました。

三、家

ジョバンニが勢いよく帰って来たのは、ある裏町の小さな家でした。その三つならんだ入り口の一番左側には空き箱に紫いろのケールやアスパラガスが植えてあって小さな二つの窓には日覆いが下りたままになっていました。

「お母さん。いま帰ったよ。工合悪くなかったの。」ジョバンニは靴をぬぎながらいいました。

「ああ、ジョバンニ、お仕事がひどかったろう。今日は涼しくてね。わたしはずうっと工合がいいよ。」

ジョバンニは玄関を上がって行きますとジョバンニのお母さんがすぐ入り口の室に白い巾を被って寝んでいたのでした。ジョバンニは窓をあけました。

「お母さん。今日は角砂糖を買ってきたよ。牛乳に入れてあげようと思って。」

「ああ、お前さきにおあがり。あたしはまだほしくないんだから。」

「お母さん。姉さんはいつ帰ったの。」

「ああ三時ころ帰ったよ。みんなそこらをしてくれてね。」

「お母さんの牛乳は来ていないんだろうか。」

「来なかったろうかねえ。」

「ぼく行ってとって来よう。」

「ああ、あたしはゆっくりでいいんだからお前さきにおあがり、姉さんがね、トマトで何かこしらえてそこへ置いて行ったよ。」

「ではぼくたべよう。」

ジョバンニは窓のところからトマトの皿をとってパンといっしょにしばらくむしゃむしゃたべました。

「ねえお母さん。ぼくお父さんはきっと間もなく帰ってくると思うよ。」

「ああ、あたしもそう思う。けれどもおまえはどうしてそう思うの。」

「だって今朝の新聞に今年は北の方の漁は大へんよかったと書いてあったよ。」

「ああだけどねえ、お父さんは漁へ出ていないかもしれない。」

「きっと出ているよ。お父さんが監獄へ入るようなそんな悪いことをしたはずがないんだ。この前お父さんが持ってきて学校へ寄贈した巨きな蟹の甲らだのとなかいの角だの今だってみんな標本室にあるんだ。六年生なんか授業のとき先生がかわるがわる教室へ持って行くよ。一昨年修学旅行で（以下数字分空白）

「お父さんはこの次はおまえにラッコの上着をもってくるといったねえ。」

「みんながぼくにあうとそれをいうよ。ひやかすようにいうんだ。」

「おまえに悪口をいうの。」

「うん、けれどもカムパネルラなんか決していわない。カムパネルラはみんながそんなことをいうときは気の毒そうにしているよ。」

「あの人はうちのお父さんとはちょうどおまえたちのように小さいときからのお友達だったそうだよ。」

「ああだからお父さんはぼくをつれてカムパネルラのうちへもつれて行ったよ。あのころはよかったなあ。ぼくは学校から帰る途中たびたびカムパネルラのうちに寄った。カムパネルラのうちにはアルコールラムプで走る汽車があったんだ。レールを七つ組み合わせると円くなってそれに電柱や信号標もついていて信号標のあかりは汽車が通るときだけ青くなるようになっていたんだ。いつかアルコールがなくなったとき石油をつかったら、缶がすっかり煤けたよ。」

「そうかねえ。」

「いまも毎朝新聞をまわしに行くよ。けれどもいつでも家中まだしぃんとしているからな。」

「早いからねえ。」

「ザウエルという犬がいるよ。しっぽがまるで箒のようだ。ぼくが行くと鼻を鳴らしてついてくるよ。ずうっと町の角までついてくる。もっとついてくることもあるよ。

今夜はみんなで烏瓜のあかりを川へながしに行くんだって。きっと犬もついて行くよ。」

「そうだ。今晩は銀河のお祭りだねえ。」

「うん。ぼく牛乳をとりながら見てくるよ。」

「ああ行っておいで。川へははいらないでね。」

「ああぼく岸から見るだけなんだ。一時間で行ってくるよ。」

「もっと遊んでおいで。カムパネルラさんと一緒なら心配はないから。」

「ああきっと一緒だよ。お母さん、窓をしめておこうか。」

「ああ、どうか。もう涼しいからね。」

ジョバンニは立って窓をしめお皿やパンの袋を片附けると勢いよく靴をはいて、「では一時間半で帰ってくるよ。」といいながら暗い戸口を出ました。

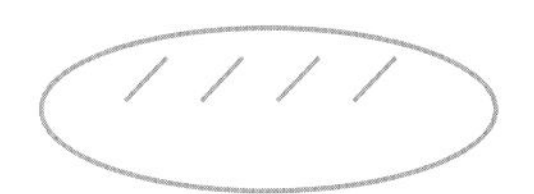

四、ケンタウル祭の夜

ジョバンニは、口笛を吹いているようなさびしい口付きで、檜のまっ黒にならんだ町の坂を下りて来たのでした。

坂の下に大きな一つの街燈が、青白く立派に光って立っていました。ジョバンニが、どんどん電燈の方へ下りて行きますと、いままでばけもののように、長くぼんやり、うしろへ引いていたジョバンニの影ぼうしは、だんだん濃く黒くはっきりなって、足をあげたり手を振ったり、ジョバンニの横の方へまわって来るのでした。

（ぼくは立派な機関車だ。ここは勾配だから速いぞ。ぼくはいまその電燈を通り越す。そうら、こんどはぼくの影法師はコムパスだ。あんなにくるっとまわって、前の方へ来た。）

とジョバンニが思いながら、大股にその街燈の下を通り過ぎたとき、いきなりひるまのザネリが、新しいえりの尖ったシャツを着て電燈の向こう側の暗い小路から出て来て、ひらっとジョバンニとすれちがいました。

「ザネリ、烏瓜ながしに行くの。」ジョバンニがまだそういってしまわないうちに、

「ジョバンニ、お父さんから、らっこの上着が来るよ。」その子が投げつけるようにうしろから叫びました。

ジョバンニは、ばっと胸がつめたくなり、そこら中きぃんと鳴るように思いました。

「何だい。ザネリ。」とジョバンニは高く叫び返しましたがもうザネリは向こうのひばの植わった家の中へはいっていました。

「ザネリはどうしてぼくがなんにもしないのにあんなことをいうのだろう。走るときはまるで鼠のようなくせに。ぼくがなんにもしないのにあんなことをいうのはザネリがばかなからだ。」

ジョバンニは、せわしくいろいろなことを考えながら、さまざまの燈や木の枝で、すっかりきれいに飾られた街を通って行きました。時計屋の店には明るくネオン燈がついて、一秒ごとに石でこさえたふくろうの赤い眼が、くるっくるっとうごいたり、いろいろな宝石が海のような色をした厚い硝子の盤に載って星のようにゆっくり循ったり、また向こう側から、銅の人馬がゆっくりこっちへまわって来たりするのでした。そのまん中に円い黒い星座早見が青いアスパラガスの葉で飾ってありました。

ジョバンニはわれを忘れて、その星座の図に見入りました。

それはひる学校で見たあの図よりはずうっと小さかったのですがその日と時間に合わせて盤をまわすと、そのとき出ているそらがそのまま楕円形のなかにめぐってあらわれるようになっておりやはりそのまん中には上から下へかけて銀河がぼうとけむったような帯になってその下の方ではかすかに爆発して湯気でもあげているように見えるのでした。またそのうしろには三本の脚についた小さな望遠鏡が黄いろに光って立っていましたしいちばんうしろの壁には空じゅうの星座をふしぎな獣や蛇や魚や瓶の形に書いた大きな図がかかっていました。ほんとうにこんなような蠍だの勇士だのそらにぎっしりいるだろうか、ああぼくはその中をどこまでも歩いてみたいと思ったりしてしばらくぼんやり立っていました。

それからにわかにお母さんの牛乳のことを思いだしてジョバンニはその店をはなれました。そしてきゅうくつな上着の肩を気にしながらそれでもわざと胸を張って大きく手を振って町を通って行きました。

空気は澄みきって、まるで水のように通りや店の中を流れましたし、街燈はみなまっ青なもみや楢の枝で包まれ、電気会社の前の六本のプラタヌスの木などは、中にたくさんの豆電燈がついて、ほんとうにそこらは人魚の都のように見えるのでした。子どもらは、みんな新しい折のついた着物を着て、星めぐりの口笛を吹いたり、

「ケンタウルス、露をふらせ」と叫んで走ったり、青いマグネシヤの花火を燃やしたりして、たのしそうに遊んでいるのでした。けれどもジョバンニは、いつかまた深く首を垂れて、そこらのにぎやかさとはまるでちがったことを考えながら、牛乳屋の方へ急ぐのでした。

ジョバンニは、いつか町はずれのポプラの木が幾本も幾本も、高く星ぞらに浮かんでいるところに来ていました。その牛乳屋の黒い門を入り、牛の匂いのするうすくらい台所の前に立って、ジョバンニは帽子をぬいで「今晩は、」といいましたら、家の中はしぃんとして誰もいたようではありませんでした。

「今晩は、ごめんなさい。」ジョバンニはまっすぐに立ってまた叫びました。するとしばらくたってから、年老った女の人が、どこか工合が悪いようにそろそろと出て来て何か用かと口の中でいいました。

「あの、今日、牛乳が僕んとこへ来なかったので、貰いにあがったんです。」ジョバンニが一生けん命勢いよくいいました。

「いま誰もいないでわかりません。あしたにして下さい。」

その人は、赤い眼の下のとこを擦りながら、ジョバンニを見おろしていいました。

「おっかさんが病気なんですから今晩でないと困るんです。」

「ではもう少したってから来てください。」その人はもう行ってしまいそうでした。

「そうですか。ではありがとう。」ジョバンニは、お辞儀をして台所から出ました。

十字になった町のかどを、まがろうとしましたら、向こうの橋へ行く方の雑貨店の前で、黒い影やぼんやり白いシャツが入り乱れて、六、七人の生徒らが、口笛を吹いたり笑ったりして、めいめい烏瓜の燈火を持ってやって来るのを見ました。

その笑い声も口笛も、みんな聞きおぼえのあるものでした。ジョバンニの同級の子供らだったのです。ジョバンニは思わずどきっとして戻ろうとしましたが、思い直して、一そう勢いよくそっちへ歩いて行きました。

「川へ行くの。」ジョバンニがいおうとして、少しのどがつまったように思ったとき、

「ジョバンニ、らっこの上着が来るよ。」さっきのザネリがまた叫びました。

「ジョバンニ、らっこの上着が来るよ。」すぐみんなが、続いて叫びました。ジョバンニはまっ赤になって、もう歩いているかもわからず、急いで行きすぎようとしましたら、そのなかにカムパネルラがいたのです。カムパネルラは気の毒そうに、だまって少しわらって、怒らないだろうかというようにジョバンニの方を見ていました。

ジョバンニは、遁げるようにその眼を避け、そしてカムパネルラのせいの高いかたちが過ぎて行って間もなく、みんなはてんでに口笛を吹きました。町かどを曲がるとき、ふりかえって見ましたら、ザネリがやはりふりかえって見ていました。そしてカムパネルラもまた、高く口笛を吹いて向こうにぼんやり見える橋の方へ歩いて行ってしまったのでした。ジョバンニは、なんともいえずさびしくなって、いきなり走りだしました。すると耳に手をあてて、わああといいながら片足でぴょんぴょん跳んでいた小さな子供らは、ジョバンニが面白くてかけるのだと思ってわあいと叫びました。まもなくジョバンニは黒い丘の方へ急ぎました。

MP3 16

五、天気輪の柱

牧場のうしろはゆるい丘になって、その黒い平らな頂上は、北の大熊星の下に、ぼんやりふだんよりも低く連なって見えました。

ジョバンニは、もう露の降りかかった小さな林のこみちを、どんどんのぼって行きました。まっくらな草や、いろいろな形に見えるやぶのしげみの間を、その小さなみちが、一すじ白く星あかりに照らしだされてあったのです。草の中には、ぴかぴか青びかりを出す小さな虫もいて、ある葉は青くすかし出され、ジョバンニは、さっきみんなの持って行った烏瓜のあかりのようだとも思いました。

そのまっ黒な、松や楢の林を越えると、にわかにがらんと空がひらけて、天の川がしらしらと南から北へ亘っているのが見え、また頂の、天気輪の柱も見わけられたのでした。つりがねそうか野ぎくかの花が、そこらいちめんに、夢の中からでも薫りだしたというように咲き、鳥が一疋、丘の上を鳴き続けながら通って行きました。

ジョバンニは、頂の天気輪の柱の下に来て、どかどかするからだを、つめたい草に投げました。

町の燈は、暗の中をまるで海の底のお宮のけしきのようにともり、子供らの歌う声や口笛、きれぎれの叫び声もかすかに聞こえて来るのでした。風が遠くで鳴り、丘の草もしずかにそよぎ、ジョバンニの汗でぬれたシャツもつめたく冷やされました。ジョバンニは町のはずれから遠く黒くひろがった野原を見わたしました。

そこから汽車の音が聞こえてきました。その小さな列車の窓は一列小さく赤く見え、その中にはたくさんの旅人が、リンゴを剥いたり、わらったり、いろいろな風にしていると考えますと、ジョバンニは、もう何ともいえずかなしくなって、また眼をそらに挙げました。

ああ、あの白いそらの帯がみんな星だというぞ。

ところがいくら見ていても、そのそらはひる先生のいったような、がらんとした冷たいとこだとは思われませんでした。

それどころでなく、見れば見るほど、そこは小さな林や牧場やらある野原のように考えられて仕方なかったのです。そしてジョバンニは青い琴の星が、三つにも四つにもなって、ちらちら瞬き、脚が何べんも出たり引っ込んだりして、とうとう蕈のように長く延びるのを見ました。またすぐ眼の下のまちまでがやっぱりぼんやりしたたくさんの星の集まりか一つの大きなけむりかのように見えるように思いました。

MP3 17

六、銀河ステーション

そしてジョバンニはすぐうしろの天気輪の柱がいつかぼんやりした三角標の形になって、しばらく蛍のように、ぺかぺか消えたりともったりしているのを見ました。それはだんだんはっきりして、とうとうりんとうごかないようになり、濃い鋼青のそらの野原にたちました。いま新しく灼いたばかりの青い鋼の板のような、そらの野原に、まっすぐにすきっと立ったのです。

するとどこかで、ふしぎな声が銀河ステーション、銀河ステーションという声がしたと思うといきなり眼の前が、ぱっと明るくなって、まるで億万の蛍烏賊の火を一ぺんに化石させて、そら中に沈めたという工合、またダイアモンド会社で、ねだんがやすくならないために、わざと穫れないふりをして、かくしておいた金剛石を、誰かがいきなりひっくりかえして、ばら撒いたという風に、眼の前がさあっと明るくなって、ジョバンニは、思わず何べんも眼を擦ってしまいました。

気がついてみると、さっきから、ごとごとごとごと、ジョバンニの乗っている小さな列車が走りつづけていたのでした。

ほんとうにジョバンニは、夜の軽便鉄道の、小さな黄いろの電燈のならんだ車室に、窓から外を見ながら座っていたのです。車室の中は、青い日鷲絨を張った腰掛けが、まるでがら明きで、向こうの鼠いろのワニスを塗った壁には、真鍮の大きなぼたんが二つ光っているのでした。

すぐ前の席に、ぬれたようにまっ黒な上着を着た、せいの高い子供が、窓から頭を出して外を見ているのに気が付きました。そしてそのこどもの肩のあたりが、どうも見たことのあるような気がして、そう思うと、もうどうしても誰だかわかりたくて、たまらなくなりました。いきなりこっちも窓から顔を出そうとしたとき、にわかにその子供が頭を引っ込めて、こっちを見ました。

それはカムパネルラだったのです。

ジョバンニが、カムパネルラ、きみは前からここにいたのといおうと思ったとき、カムパネルラが、

「みんなはねずいぶん走ったけれども遅れてしまったよ。ザネリもね、ずいぶん走ったけれども追いつかなかった。」といいました。

ジョバンニは、（そうだ、ぼくたちはいま、いっしょにさそって出掛けたのだ。）とおもいながら、

「どこかで待っていようか。」といいました。するとカムパネルラは、

「ザネリはもう帰ったよ。お父さんが迎いにきたんだ。」

カムパネルラは、なぜかそういいながら、少し顔いろが青ざめて、どこか苦しいというふうでした。するとジョバンニも、なんだかどこかに、何か忘れたものがあるというような、おかしな気持ちがしてだまってしまいました。

ところがカムパネルラは、窓から外をのぞきながら、もうすっかり元気が直って、勢いよくいいました。

「ああしまった。ぼく、水筒を忘れてきた。スケッチ帳も忘れてきた。けれど構わない。もうじき白鳥の停車場だから。ぼく、白鳥を見るなら、ほんとうにすきだ。川の遠くを飛んでいたって、ぼくはきっと見える。」そして、カムパネルラは、円い板のようになった地図を、しきりにぐるぐるまわして見ていました。まったくその中に、白くあらわされた天の川の左の岸に沿って一条の鉄道線路が、南へ南へとたどって行くのでした。そしてその地図の立派なことは、夜のようにまっ黒な盤の上に、一々の停車場や三角標、泉水や森が、青や橙や緑や、うつくしい光でちりばめられてありました。ジョバンニはなんだかその地図をどこかで見たようにおもいました。

「この地図はどこで買ったの。黒曜石でできてるねえ。」ジョバンニがいいました。

「銀河ステーションで、もらったんだ。君もらわなかったの。」

「ああ、ぼく銀河ステーションを通ったろうか。いまぼくたちのいるとこ、ここだろう。」

ジョバンニは、白鳥と書いてある停車場のしるしの、すぐ北を指しました。

「そうだ。おや、あの河原は月夜だろうか。」

そっちを見ますと、青白く光る銀河の岸に、銀いろの空のすすきが、もうまるでいちめん、風にさらさらさらさら、ゆられてうごいて、波を立てているのでした。

「月夜でないよ。銀河だから光るんだよ。」ジョバンニはいいながら、まるではね上がりたいくらい愉快になって、足をこつこつ鳴らし、窓から顔を出して、高く高く星めぐりの口笛を吹きながら一生けん命延びあがって、その天の川の水を、見きわめようとしましたが、はじめはどうしてもそれが、はっきりしませんでした。けれどもだんだん気をつけて見ると、そのきれいな水は、ガラスよりも水素よりもすきとおって、ときどき眼の加減か、ちらちら紫いろのこまかな波をたてたり、虹のようにぎらっと光ったりしながら、声もなくどんどん流れて行き、野原にはあっちにもこっちにも、燐光の三角標がうつくしく立っていたのです。遠いものは小さく、近いものは大きく、遠いものは橙や黄いろではっきりし、近いものは青白く少しかすんで、あるいは三角形、あるいは四辺形、あるいは電や鎖の形、さまざまにならんで、野原いっぱい光っているのでした。

ジョバンニは、まるでどきどきして、頭をやけに振りました。するとほんとうに、そのきれいな野原中の青や橙や、いろいろかがやく三角標も、てんでに息をつくように、ちらちらゆれたり顫えたりしました。

「ぼくはもう、すっかり天の野原に来た。」ジョバンニはいいました。

「それにこの汽車石炭をたいていないねえ。」ジョバンニが左手をつき出して窓から前の方を見ながらいいました。

「アルコールか電気だろう。」カムパネルラがいいました。

ごとごとごとごとと、その小さなきれいな汽車は、そらのすすきの風にひるがえる中を、天の川の水や、三角点の青じろい微光の中を、どこまでもどこまでもと、走って行くのでした。

「ああ、りんどうの花が咲いている。もうすっかり秋だねえ。」カムパネルラが、窓の外を指さしていいました。

線路のへりになったみじかい芝草の中に、月長石ででも刻まれたような、すばらしい、紫のりんどうの花が咲いていていました。

「ぼく、飛び下りて、あいつをとって、また飛び乗ってみせようか。」ジョバンニは胸を躍らせていいました。

「もうだめだ。あんなにうしろへ行ってしまったから。」

カムパネルラが、そういってしまうかしまわないうち、次のりんどうの花が、いっぱいに光って過ぎて行きました。

と思ったら、もう次から次から、たくさんのきいろな底をもったりんどうの花のコップが、湧くように、雨のように、眼の前を通り、三角標の列は、けむるように燃えるように、いよいよ光って立ったのです。

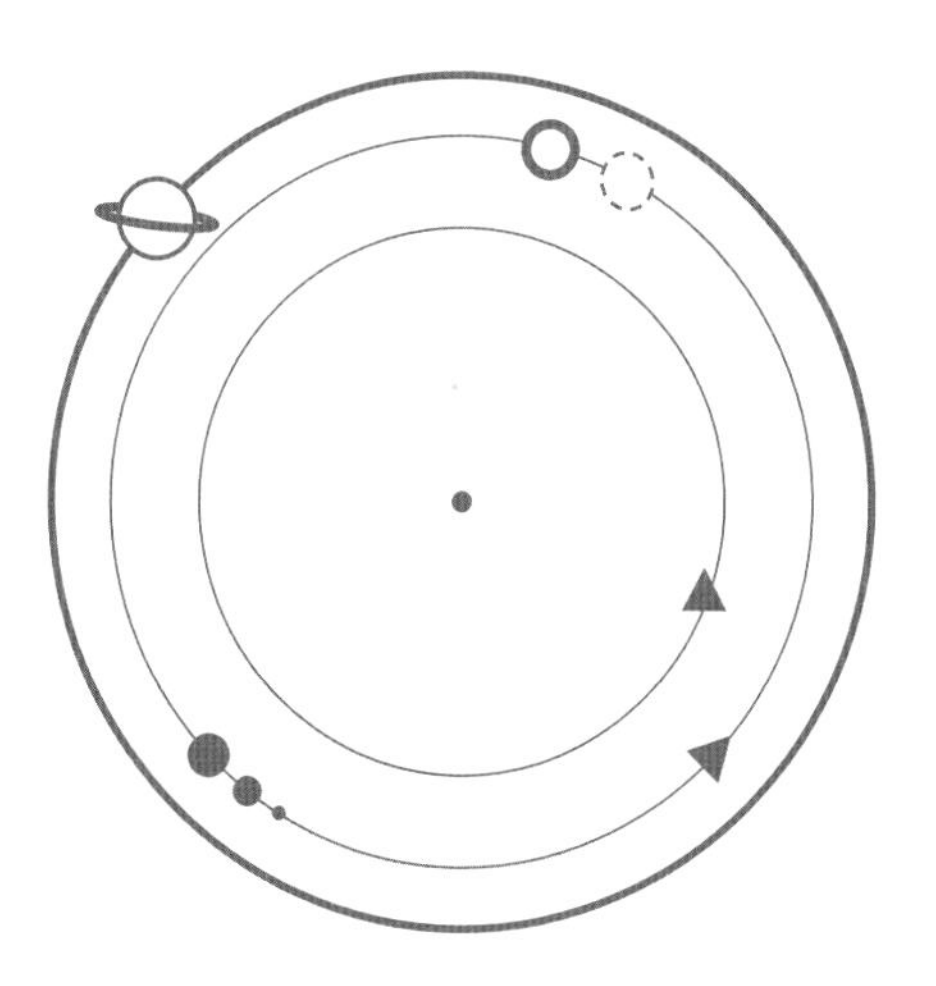

七、北十字とプリオシン海岸

「おっかさんは、ぼくをゆるして下さるだろうか。」

いきなり、カムパネルラが、思い切ったというように、少しどもりながら、急きこんでいいました。

ジョバンニは、

(ああ、そうだ、ぼくのおっかさんは、あの遠い一つのちりのように見える橙いろの三角標のあたりにいらっしゃって、いまぼくのことを考えているんだった。)と思いながら、ぼんやりしてだまっていました。

「ぼくはおっかさんが、ほんとうに幸せになるなら、どんなことでもする。けれども、いったいどんなことが、おっかさんのいちばんの幸せなんだろう。」カムパネルラは、なんだか、泣きだしたいのを、一生けん命こらえているようでした。

「きみのおっかさんは、なんにもひどいことないじゃないの。」ジョバンニはびっくりして叫びました。

「ぼくわからない。けれども、誰だって、ほんとうにいいことをしたら、いちばん幸せなんだねえ。だから、おっかさんは、ぼくをゆるして下さると思う。」カムパネルラは、なにかほんとうに決心しているように見えました。

にわかに、車のなかが、ぱっと白く明るくなりました。見ると、もうじつに、金剛石や草の露やあらゆる立派さをあつめたような、きらびやかな銀河の河床の上を水は声もなくかたちもなく流れ、その流れのまん中に、ぼうっと青白く後光の射した一つの島が見えるのでした。その島の平らないただきに、立派な眼もさめるような、白い十字架がたって、それはもう凍った北極の雲で鋳たといったらいいか、すきっとした金いろの円光をいただいて、しずかに永久に立っているのでした。

「ハルレヤ、ハルレヤ。」前からもうしろからも声が起こりました。ふりかえって見ると、車室の中の旅人たちは、みなまっすぐにきもののひだを垂れ、黒いバイブルを胸にあてたり、水晶の珠数をかけたり、どの人もつつましく指を組み合わせて、そっちに祈っているのでした。

思わず二人もまっすぐに立ちあがりました。カムパネルラの頬は、まるで熟したリンゴのあかしのようにうつくしくかがやいて見えました。

そして島と十字架とは、だんだんうしろの方へうつって行きました。

向こう岸も、青じろくぽうっと光ってけむり、時々、やっぱりすすきが風にひるがえるらしく、さっとその銀いろがけむって、息でもかけたように見え、また、たくさんのりんどうの花が、草をかくれたり出たりするのは、やさしい狐火のように思われました。

それもほんのちょっとの間、川と汽車との間は、すすきの列でさえぎられ、白鳥の島は、二度ばかり、うしろの方に見えましたが、じきもうずうっと遠く小さく、絵のようになってしまい、またすすきがざわざわ鳴って、とうとうすっかり見えなくなってしまいました。ジョバンニのうしろには、いつから乗っていたのか、せいの高い、黒いかつぎをしたカトリック風の尼さんが、まん円な緑の瞳を、じっとまっすぐに落として、まだ何かことばか声かが、そっちから伝わって来るのを、虔んで、聞いているように見えました。旅人たちはしずかに席に戻り、二人も胸いっぱいのかなしみに似た新しい気持ちを、何気なくちがった語で、そっと談し合ったのです。

「もうじき白鳥の停車場だねえ。」

「ああ、十一時かっきりには着くんだよ。」

早くも、シグナルの緑の灯と、ぼんやり白い柱とが、ちらっと窓のそとを過ぎ、それから硫黄のほのおのようなくらいぼんやりした転てつ機の前のあかりが窓の下を通り、汽車はだんだんゆるやかになって、間もなくプラットホームの一列の電燈が、うつくしく規則正しくあらわれ、それがだんだん大きくなってひろがって、二人はちょうど白鳥停車場の、大きな時計の前に来てとまりました。

さわやかな秋の時計の盤面には、青く灼かれたはがねの二本の針が、くっきり十一時を指しました。みんなは、一ぺんに下りて、車室の中はがらんとなってしまいました。

〔二十分停車〕と時計の下に書いてありました。

「ぼくたちも降りてみようか。」ジョバンニがいいました。

「降りよう。」

二人は一度にはねあがってドアを飛びだして改札口へかけて行きました。ところが改札口には、明るい紫がかった電燈が、一つ点いているばかり、誰もいませんでした。そこら中を見ても、駅長や赤帽らしい人の、影もなかったのです。

二人は、停車場の前の、水晶細工のように見える銀杏の木に囲まれた、小さな広場に出ました。そこから幅の広いみちが、まっすぐに銀河の青光の中へ通っていました。

さきに降りた人たちは、もうどこへ行ったか一人も見えませんでした。二人がその白い道を、肩をならべて行きますと、二人の影は、ちょうど四方に窓のある室の中の、二本の柱の影のように、また二つの車輪の輻のように幾本も幾本も四方へ出るのでした。そして、間もなく、あの汽車から見えたきれいな河原に来ました。

カムパネルラは、そのきれいな砂を一つまみ、掌にひろげ、指できしきしさせながら、夢のようにいっているのでした。

「この砂はみんな水晶だ。中で小さな火が燃えている。」

「そうだ。」どこでぼくは、そんなこと習ったろうと思いながら、ジョバンニもぼんやり答えていました。

河原の礫は、みんなすきとおって、たしかに水晶や黄玉や、またくしゃくしゃの皺曲をあらわしたのや、また稜から霧のような青白い光を出す綱玉やらでした。ジョバンニは、走ってその渚に行って、水に手をひたしました。けれどもあやしいその銀河の水は、水素よりももっとすきとおっていたのです。それでもたしかに流れていたことは、二人の手首の、水にひたったとこが、少し水銀いろに浮いたように見え、その手首にぶっつかってできた波は、うつくしく燐光をあげて、ちらちらと燃えるように見えたのでもわかりました。

川上の方を見ると、すすきのいっぱいに生えている崖の下に、白い岩が、まるで運動場のように平らに川に沿って出ているのでした。そこに小さな五、六人の人かげが、何か掘り出すか埋めるかしているらしく、立ったり屈んだり、時々なにかの道具が、ピカッと光ったりしました。

「行ってみよう。」二人は、まるで一度に叫んで、そっちの方へ走りました。その白い岩になった処の入り口に、

〔プリオシン海岸〕という瀬戸物のつるつるした標札が立って、向こうの渚には、ところどころ、細い鉄の欄干も植えられ、木製のきれいなベンチも置いてありました。

「おや、変なものがあるよ。」カムパネルラが、不思議そうに立ちどまって、岩から黒い細長いさきの尖ったくるみの実のようなものをひろいました。

「くるみの実だよ。そら、たくさんある。流れて来たんじゃない。岩の中に入ってるんだ。」

「大きいね、このくるみ、倍あるね。こいつはすこしもいたんでない。」

「早くあすこへ行ってみよう。きっと何か掘ってるから。」

二人は、ぎざぎざの黒いくるみの実を持ちながら、またさっきの方へ近よって行きました。左手の渚には、波がやさしい稲妻のように燃えて寄せ、右手の崖には、いちめん銀や貝殻でこさえたようなすすきの穂がゆれたのです。

だんだん近付いて見ると、一人のせいの高い、ひどい近眼鏡をかけ、長靴をはいた学者らしい人が、手帳に何かせわしそうに書きつけながら、鶴嘴をふりあげたり、スコープをつかったりしている、三人の助手らしい人たちに夢中でいろいろ指図をしていました。

「そこのその突起を壊さないように。スコープを使いたまえ、スコープを。おっと、も少し遠くから掘って。いけない、いけない。なぜそんな乱暴をするんだ。」

見ると、その白い柔らかな岩の中から、大きな大きな青じろい獣の骨が、横に倒れて潰れたという風になって、半分以上掘り出されていました。そして気をつけて見ると、そこらには、蹄の二つある足跡のついた岩が、四角に十ばかり、きれいに切り取られて番号がつけられてありました。

「君たちは参観かね。」その大学士らしい人が、眼鏡をきらっとさせて、こっちを見て話しかけました。

「くるみがたくさんあったろう。それはまあ、ざっと百二十万年ぐらい前のくるみだよ。ごく新しい方さ。ここは百二十万年前、第三紀のあとのころは海岸でね、この下からは貝がらも出る。いま川の流れているところに、そっくり塩水が寄せたり引いたりもしていたのだ。このけものかね、これはボスといってね、おいおい、そこつるはしはよしたまえ。ていねいに鑿でやってくれたまえ。ボスといってね、いまの牛の先祖で、昔はたくさんいたさ。」

「標本にするんですか。」

「いや、証明するに要るんだ。ぼくらからみると、ここは厚い立派な地層で、百二十万年ぐらい前にできたという証拠もいろいろあがるけれども、ぼくらとちがったやつからみてもやっぱりこんな地層に見えるかどうか、あるいは風か水やがらんとした空かに見えやしないかということなのだ。わかったかい。けれども、おいおい。そこもスコープではいけない。そのすぐ下に肋骨が埋もれてるはずじゃないか。」大学士はあわてて走って行きました。

「もう時間だよ。行こう。」カムパネルラが地図と腕時計とをくらべながらいいました。

「ああ、ではわたくしどもは失礼いたします。」ジョバンニは、ていねいに大学士におじぎしました。

「そうですか。いや、さよなら。」大学士は、また忙しそうに、あちこち歩きまわって監督をはじめました。二人は、その白い岩の上を、一生けん命汽車におくれないように走りました。そしてほんとうに、風のように走れたのです。息も切れず膝もあつくなりませんでした。

こんなにしてかけるなら、もう世界中だってかけれると、ジョバンニは思いました。

そして二人は、前のあの河原を通り、改札口の電燈がだんだん大きくなって、間もなく二人は、もとの車室の席に座って、いま行って来た方を、窓から見ていました。

八、鳥を捕る人

「ここへかけてもようございますか。」

がさがさした、けれども親切そうな、大人の声が、二人のうしろで聞こえました。

それは、茶いろの少しぼろぼろの外套を着て、白い巾でつつんだ荷物を、二つに分けて肩に掛けた、赤髯のせなかのかがんだ人でした。

「ええ、いいんです。」ジョバンニは、少し肩をすぼめて挨拶しました。その人は、ひげの中でかすかに微笑いながら、荷物をゆっくり網棚にのせました。ジョバンニは、なにか大へんさびしいようなかなしいような気がして、だまって正面の時計を見ていましたら、ずうっと前の方で、硝子の笛のようなものが鳴りました。汽車はもう、しずかにうごいていたのです。カムパネルラは、車室の天井を、あちこち見ていました。その一つのあかりに黒い甲虫がとまってその影が大きく天井にうつっていたのです。赤ひげの人は、なにかなつかしそうにわらいながら、ジョバンニやカムパネルラのようすを見ていました。汽車はもうだんだん早くなって、すすきと川と、かわるがわる窓の外から光りました。

赤ひげの人が、少しおずおずしながら、二人に訊きました。

「あなた方は、どちらへいらっしゃるんですか。」

「どこまでも行くんです。」ジョバンニは、少しきまり悪そうに答えました。

「それはいいね。この汽車は、じっさい、どこまででも行きますぜ。」

「あなたはどこへ行くんです。」カムパネルラが、いきなり、喧嘩のようにたずねましたので、ジョバンニは、思わずわらいました。すると、向こうの席にいた、尖った帽子をかぶり、大きな鍵を腰に下げた人も、ちらっとこっちを見てわらいましたので、カムパネルラも、つい顔を赤くして笑いだしてしまいました。ところがその人は別に怒ったでもなく、頬をぴくぴくしながら返事しました。

「わっしはすぐそこで降ります。わっしは、鳥をつかまえる商売でね。」

「何鳥ですか。」

「鶴や雁です。さぎも白鳥もです。」

「鶴はたくさんいますか。」

「いますとも、さっきから鳴いてまさあ。聞かなかったのですか。」

「いいえ。」

「いまでも聞こえるじゃありませんか。そら、耳をすまして聴いてごらんなさい。」

二人は眼を挙げ、耳をすましました。ごとごと鳴る汽車のひびきと、すすきの風との間から、ころんころんと水の湧くような音が聞こえて来るのでした。

「鶴、どうしてとるんですか。」

「鶴ですか、それとも鷺ですか。」

「鷺です。」ジョバンニは、どっちでもいいと思いながら答えました。

「そいつはな、雑作ない。さぎというものは、みんな天の川の砂が凝って、ぼおっとできるもんですからね、そして始終川へ帰りますからね、川原で待っていて、鷺がみんな、脚をこういう風にして下りてくるとこを、そいつが地べたへつくかつかないうちに、ぴたっと押さえちまうんです。するともう鷺は、かたまって安心して死んじゃいます。あとはもう、わかり切ってまさあ。押し葉にするだけです。」

「鷺を押し葉にするんですか。標本ですか。」

「標本じゃありません。みんなたべるじゃありませんか。」

「おかしいねえ。」カムパネルラが首をかしげました。

「おかしいも不審もありませんや。そら。」その男は立って、網棚から包みをおろして、手ばやくくるくると解きました。

「さあ、ごらんなさい。いまとって来たばかりです。」

「ほんとうに鷺だねえ。」二人は思わず叫びました。まっ白な、あのさっきの北の十字架のように光る鷺のからだが、十ばかり、少しひらべったくなって、黒い脚をちぢめて、浮き彫りのようにならんでいたのです。

「眼をつぶってるね。」カムパネルラは、指でそっと、鷺の三日月がたの白い瞑った眼にさわりました。頭の上の槍のような白い毛もちゃんとついていました。

「ね、そうでしょ。」鳥捕りは風呂敷を重ねて、またくるくると包んで紐でくくりました。誰がいったいここらで鷺なんぞ喰べるだろうとジョバンニは思いながら訊きました。

「鷺はおいしいんですか。」

「ええ、毎日注文があります。しかし雁の方が、もっと売れます。雁の方がずっと柄がいいし、第一手数がありませんからな。そら。」鳥捕りは、また別の方の包みを解きました。すると黄と青じろとまだらになって、なにかのあかりのようにひかる雁が、ちょうどさっきの鷺のように、くちばしを揃えて、少し扁べったくなって、ならんでいました。

「こっちはすぐ喰べられます。どうです、少しおあがりなさい。」鳥捕りは、黄いろな雁の足を、軽くひっぱりました。するとそれは、チョコレートででもできているように、すっときれいにはなれました。

「どうです。すこしたべてごらんなさい。」鳥捕りは、それを二つにちぎってわたしました。ジョバンニは、ちょっと喰べてみて、(なんだ、やっぱりこいつはお菓子だ。チョコレートよりも、もっとおいしいけれども、こんな雁が飛んでいるもんか。この男は、どこかそこらの野原の菓子屋だ。けれどもぼくは、このひとをばかにしながら、この人のお菓子をたべているのは、大へん気の毒だ。)とおもいながら、やっぱりぽくぽくそれをたべていました。

「も少しおあがりなさい。」鳥捕りがまた包みを出しました。ジョバンニは、もっとたべたかったのですけれども、

「ええ、ありがとう。」といって遠慮しましたら、鳥捕りはこんどは向こうの席の、鍵をもった人に出しました。

「いや、商売ものを貰っちゃすみませんな。」その人は、帽子をとりました。

「いいえ、どういたしまして。どうです、今年の渡り鳥の景気は。」

「いや、すてきなもんですよ。一昨日の第二限ころなんか、なぜ燈台の灯を、規則以外に間（一字分空白）させるかって、あっちからもこっちからも、電話で故障が来ましたが、なあに、こっちがやるんじゃなくて、渡り鳥どもが、まっ黒にかたまって、あかしの前を通るのですから仕方ありませんや。わたしぁ、べらぼうめ、そんな苦情は、おれのとこへ持って来って仕方がねえや、ばさばさのマントを着て脚と口との途方もなく細い大将へやれって、こういってやりましたがね、はっは。」

すすきがなくなったために、向こうの野原から、ぱっとあかりが射して来ました。

「鷺の方はなぜ手数なんですか。」カムパネルラは、さっきから、訊こうと思っていたのです。

「それはね、鷺を喰べるには、」鳥捕りは、こっちに向き直りました。

「天の川の水あかりに、十日もつるして置くかね、そうでなけぁ、砂に三、四日うずめなけぁいけないんだ。そうすると、水銀がみんな蒸発して、喰べられるようになるよ。」

「こいつは鳥じゃない。ただのお菓子でしょう。」やっぱりおなじことを考えていたとみえて、カムパネルラが、思い切ったというように、尋ねました。鳥捕りは、何か大へんあわてた風で、

「そうそう、ここで降りなけぁ。」といいながら、立って荷物をとったと思うと、もう見えなくなっていました。

「どこへ行ったんだろう。」

二人は顔を見合わせましたら、燈台守りは、にやにや笑って、少し伸びあがるようにしながら、二人の横の窓の外をのぞきました。二人もそっちを見ましたら、たったいまの鳥捕りが、黄いろと青じろの、うつくしい燐光を出す、いちめんのかわらははこぐさの上に立って、まじめな顔をして両手を広げて、じっとそらを見ていたのです。

「あすこへ行ってる。ずいぶん奇体だねえ。きっとまた鳥をつかまえるとこだねえ。汽車が走って行かないうちに、早く鳥がおりるといいな。」といった途端、がらんとした桔梗いろの空から、さっき見たような鷺が、まるで雪の降るように、ぎゃあぎゃあ叫びながら、いっぱいに舞いおりて来ました。するとあの鳥捕りは、すっかり注文通りだというようにほくほくして、両足をかっきり六十度に開いて立って、鷺のちぢめて降りて来る黒い脚を両手で片っ端から押さえて、布の袋の中に入れるのでした。すると鷺は、蛍のように、袋の中でしばらく、青くぺかぺか光ったり消えたりしていましたが、おしまいとうとう、みんなぼんやり白くなって、眼をつぶるのでした。ところが、つかまえられる鳥よりは、つかまえられないで無事に天の川の砂の上に降りるものの方が多かったのです。それは見ていると、足に砂へつくや否や、まるで雪の融けるように、縮まって扁べったくなって、間もなく溶鉱炉から出た銅の汁のように、砂や砂利の上にひろがり、しばらくは鳥の形が、砂についているのでしたが、それも、二、三度明るくなったり暗くなったりしているうちに、もうすっかりまわりと同じいろになってしまうのでした。

鳥捕りは二十疋ばかり、袋に入れてしまうと、急に両手をあげて、兵隊が鉄砲弾にあたって、死ぬときのような形をしました。と思ったら、もうそこに鳥捕りの形はなくなって、却って、

「ああせいせいした。どうもからだにちょうど合うほど稼いでいるくらい、いいことはありませんな。」

というききおぼえのある声が、ジョバンニの隣にしました。見ると鳥捕りは、もうそこでとって来た鷺を、きちんとそろえて、一つずつ重ね直しているのでした。

「どうしてあすこから、いっぺんにここへ来たんですか。」ジョバンニが、なんだかあたりまえのような、あたりまえでないような、おかしな気がして問いました。

「どうしてって、来ようとしたから来たんです。ぜんたいあなた方は、どちらからおいでですか。」

ジョバンニは、すぐ返事しようと思いましたけれども、さあ、ぜんたいどこから来たのか、もうどうしても考えつきませんでした。カムパネルラも、顔をまっ赤にして何か思い出そうとしているのでした。

「ああ、遠くからですね。」鳥捕りは、わかったというように雑作なくうなずきました。

MP3 20

九、ジョバンニの切符

「もうここらは白鳥区のおしまいです。ごらんなさい。あれが名高いアルビレオの観測所です。」

窓の外の、まるで花火でいっぱいのような、天の川のまん中に、黒い大きな建物が四棟ばかり立って、その一つの平屋根の上に、眼もさめるような、青宝玉と黄玉の大きな二つのすきとおった球が輪になってしずかにくるくるとまわっていました。黄いろのがだんだん向こうへまわって行って、青い小さいのがこっちへ進んで来、間もなく二つのはじは、重なり合って、きれいな緑いろの両面凸レンズのかたちをつくり、それもだんだん、まん中がふくらみだして、とうとう青いのは、すっかりトパースの正面に来ましたので、緑の中心と黄いろな明るい環とができました。それがまただんだん横へ外れて、前のレンズの形を逆に繰り返し、とうとうすっとはなれて、サファイアは向こうへめぐり、黄いろのはこっちへ進み、またちょうどさっきのような風になりました。銀河の、かたちもなく音もない水にかこまれて、ほんとうにその黒い測候所が睡っているように、しずかによこたわったのです。

「あれは、水の速さをはかる器械です。水も……。」鳥捕りがいいかけたとき、

「切符を拝見いたします。」三人の席の横に、赤い帽子をかぶったせいの高い車掌が、いつかまっすぐに立っていていいました。鳥捕りは、だまってかくしから、小さな紙きれを出しました。車掌はちょっと見て、すぐ眼をそらして（あなた方のは？）というように、指をうごかしながら、手をジョバンニたちの方へ出しました。

「さあ、」ジョバンニは困って、もじもじしていましたら、カムパネルラは、わけもないという風で、小さな鼠いろの切符を出しました。ジョバンニは、すっかりあわてしまって、もしか上着のポケットにでも、入っていたかとおもいながら、手を入れてみましたら、何か大きな畳んだ紙きれにあたりました。こんなもの入っていたろうかと思って、急いで出してみましたら、それは四つに折ったはがきぐらいの大きさの緑いろの紙でした。車掌が手を出しているもんですから何でも構わない、やっちまえと思って渡しましたら、車掌はまっすぐ立ち直って丁寧にそれを開いて見ていました。そして読みながら上着のぼたんやなんかしきりに直したりしていましたし燈台看守も下からそれを熱心にのぞいていましたから、ジョバンニはたしかにあれは証明書か何かだったと考えて少し胸が熱くなるような気がしました。

「これは三次空間の方からお持ちになったのですか。」車掌がたずねました。

「何だかわかりません。」もう大丈夫だと安心しながらジョバンニはそっちを見あげてくつくつ笑いました。

「よろしゅうございます。南十字へ着きますのは、次の第三時ころになります。」車掌は紙をジョバンニに渡して向こうへ行きました。

カムパネルラは、その紙切れが何だったか待ち兼ねたというように急いでのぞきこみました。ジョバンニもまったく早く見たかったのです。ところがそれはいちめん黒い唐草のような模様の中に、おかしな十ばかりの字を印刷したものでだまって見ていると何だかその中へ吸い込まれてしまうような気がするのでした。すると鳥捕りが横からちらっとそれを見てあわてたようにいいました。

「おや、こいつは大したもんですぜ。こいつはもう、ほんとうの天上へさえ行ける切符だ。天上どこじゃない、どこでも勝手にあるける通行券です。こいつをお持ちになれぁ、なるほど、こんな不完全な幻想第四次の銀河鉄道なんか、どこまででも行けるはずでさあ、あなた方大したもんですね。」

「何だかわかりません。」ジョバンニが赤くなって答えながらそれをまた畳んでかくしに入れました。そしてきまりが悪いのでカムパネルラと二人、また窓の外をながめていましたが、その鳥捕りの時々大したもんだというようにちらちらこっちを見ているのがぼんやりわかりました。

「もうじき鷲の停車場だよ。」カムパネルラが向こう岸の、三つならんだ小さな青じろい三角標と地図とを見較べていいました。

ジョバンニはなんだかわけもわからずににわかにとなりの鳥捕りが気の毒でたまらなくなりました。鷺をつかまえてせいせいしたとよろこんだり、白いきれでそれをくるくる包んだり、ひとの切符をびっくりしたように横目で見てあわててほめだしたり、そんなことを一々考えていると、もうその見ず知らずの鳥捕りのために、ジョバンニの持っているものでも食べるものでもなんでもやってしまいたい、もうこの人のほんとうの幸せになるなら自分があの光る天の川の河原に立って百年つづけて立って鳥をとってやってもいいというような気がして、どうしてももう黙っていられなくなりました。ほんとうにあなたのほしいものは一体何ですか、と訊こうとして、それではあんまり出し抜けだから、どうしようかと考えて振り返って見ましたら、そこにはもうあの鳥捕りがいませんでした。網棚の上には白い荷物も見えなかったのです。また窓の外で足をふんばってそらを見上げて鷺を捕る支度をしているのかと思って、急いでそっちを見ましたが、外はいちめんのうつくしい砂子と白いすすきの波ばかり、あの鳥捕りの広いせなかも尖った帽子も見えませんでした。

「あの人どこへ行ったろう。」カムパネルラもぼんやりそういっていました。

「どこへ行ったろう。一体どこでまたあうのだろう。僕はどうしても少しあの人に物を言わなかったろう。」

「ああ、僕もそう思っているよ。」

「僕はあの人が邪魔なような気がしたんだ。だから僕は大へんつらい。」ジョバンニはこんな変てこな気もちは、ほんとうにはじめてだし、こんなこと今までいったこともないと思いました。

「何だかリンゴの匂いがする。僕、いまリンゴのこと考えたためだろうか。」カムパネルラが不思議そうにあたりを見まわしました。

「ほんとうにリンゴの匂いだよ。それから野茨の匂いもする。」ジョバンニもそこらを見ましたがやっぱりそれは窓からでも入って来るらしいのでした。いま秋だから野茨の花の匂いのするはずはないとジョバンニは思いました。

そしたらにわかにそこに、つやつやした黒い髪の六つばかりの男の子が赤いジャケツのぼたんもかけずひどくびっくりしたような顔をしてがたがたふるえてはだしで立っていました。隣には黒い洋服をきちんと着たせいの高い青年が一ぱいに風に吹かれているけやきの木のような姿勢で、男の子の手をしっかりひいて立っていました。

「あら、ここどこでしょう。まあ、きれいだわ。」青年のうしろにもひとり十二ばかりの眼の茶いろな可愛らしい女の子が黒い外套を着て青年の腕にすがって不思議そうに窓の外を見ているのでした。

「ああ、ここはランカシャイヤだ。いや、コンネクテカット州だ。いや、ああ、ぼくたちはそらへ来たのだ。わたしたちは天へ行くのです。ごらんなさい。あのしるしは天上のしるしです。もうなんにもこわいことありません。わたくしたちは神さまに召されているのです。」黒服の青年はよろこびにかがやいてその女の子にいいました。けれどもなぜかまた額に深く皺を刻んで、それに大へんつかれているらしく、無理に笑いながら男の子をジョバンニのとなりに座らせました。

それから女の子にやさしくカムパネルラのとなりの席を指さしました。女の子はすなおにそこへ座って、きちんと両手を組み合わせました。

「ぼくおおねえさんのとこへ行くんだよう。」腰掛けたばかりの男の子は顔を変にして燈台看守の向こうの席に座ったばかりの青年にいいました。青年はなんともいえず悲しそうな顔をして、じっとその子の、ちぢれてぬれた頭を見ました。女の子は、いきなり両手を顔にあててしくしく泣いてしまいました。

「お父さんやきくよねえさんはまだいろいろお仕事があるのです。けれどももうすぐあとからいらっしゃいます。それよりも、おっかさんはどんなに永く待っていらっしゃったでしょう。わたしの大事なタダシはいまどんな歌をうたっているだろう、雪の降る朝にみんなと手をつないでぐるぐるにわとこのやぶをまわってあそんでいるだろうかと考えたりほんとうに待って心配していらっしゃるんですから、早く行っておっかさんにお目にかかりましょうね。」

「うん、だけど僕、船に乗らなけぁよかったなあ。」

「ええ、けれど、ごらんなさい、そら、どうです、あの立派な川、ね、あすこはあの夏中、ツインクル、ツインクル、リトル、スターをうたってやすむとき、いつも窓からぼんやり白く見えていたでしょう。あすこですよ。ね、きれいでしょう。あんなに光っています。」

泣いていた姉もハンケチで眼をふいて外を見ました。青年は教えるようにそっと姉弟にまたいいいました。

「わたしたちはもうなんにもかなしいことないのです。わたしたちはこんないいとこを旅して、じき神さまのとこへ行きます。そこならもうほんとうに明るくて匂いがよくて立派な人たちでいっぱいです。そしてわたしたちの代わりにボートへ乗れた人たちは、きっとみんな助けられて、心配して待っているめいめいのお父さんやお母さんや自分のお家へやら行くのです。さあ、もうじきですから元気を出しておもしろくうたって行きましょう。」青年は男の子のぬれたような黒い髪をなで、みんなを慰めながら、自分もだんだん顔いろがかがやいて来ました。

「あなた方はどちらからいらっしゃったのですか。どうなすったのですか。」さっきの燈台看守がやっと少しわかったように青年にたずねました。青年はかすかにわらいました。

「いえ、氷山にぶっつかって船が沈みましてね、わたしたちはこちらのお父さんが急な用で二ヵ月前一足さきに本国へお帰りになったのであとから発ったのです。私は大学へはいっていて、家庭教師にやとわれていたのです。ところがちょうど十二日目、今日か昨日のあたりです。船が氷山にぶっつかって一ぺんに傾きもう沈みかけました。月のあかりはどこかぼんやりありましたが、霧が非常に深かったのです。ところがボートは左舷の方半分はもうだめになっていましたから、とてもみんなは乗り切らないのです。もうそのうちにも船は沈みますし、私は必死となって、どうか小さな人たちを乗せて下さいと叫びました。近くの人たちはすぐみちを開いてそして子供たちのために祈ってくれました。けれどもそこからボートまでのところにはまだまだ小さな子どもたちや親たちやなんかいて、とても押しのける勇気がなかったのです。それでもわたくしはどうしてもこの方たちをお助けするのが私の義務だと思いましたから前にいる子供らを押しのけようとしました。けれどもまたそんなにして助けてあげるよりはこのまま神のお前にみんなで行く方がほんとうにこの方たちの幸福だとも思いました。それからまたその神にそむく罪はわたくしひとりでしょってぜひとも助けてあげようと思いました。けれどもどうして見ているとそれができないのでした。

子どもらばかりボートの中へはなしてやってお母さんが狂気のようにキスを送りお父さんがかなしいのをじっとこらえてまっすぐに立っているなどとてももう腸もちぎれるようでした。そのうち船はもうずんずん沈みますから、私はもうすっかり覚悟してこの人たち二人を抱いて、浮かべるだけは浮かぼうとかたまって船の沈むのを待っていました。誰が投げたかライフブイが一つ飛んで来ましたけれども滑ってずうっと向こうへ行ってしまいました。私は一生けん命で甲板の格子になったとこをはなして、三人それにしっかりとりつきました。どこからともなく（二字分空白）番の声があがりました。たちまちみんなはいろいろな国語で一ぺんにそれをうたいました。そのときにわかに大きな音がして私たちは水に落ちもう渦に入ったと思いながらしっかりこの人たちをだいてそれからぼうっとしたと思ったらもうここへ来ていたのです。この方たちのお母さんは一昨年没くなられました。ええボートはきっと助かったにちがいありません、何せよほど熟練な水夫たちが漕いですばやく船からはなれていましたから。」

そこらから小さないのりの声が聞こえジョバンニもカムパネルラもいままで忘れていたいろいろのことをぼんやり思い出して眼が熱くなりました。

（ああ、その大きな海はパシフィックというのではなかったろうか。その氷山の流れる北のはての海で、小さな船に乗って、風や凍りつく潮水や、烈しい寒さとたたかって、だれかが一生けんめいはたらいている。ぼくはそのひとにほんとうに気の毒でそしてすまないような気がする。ぼくはそのひとのさいわいのためにいったいどうしたらいいのだろう。）ジョバンニは首を垂れて、すっかりふさぎ込んでしまいました。

「なにがしあわせかわからないのです。ほんとうにどんなつらいことでもそれがただしいみちを進む中でのできごとなら峠の上りも下りもみんなほんとうの幸福に近づく一あしずつですから。」

燈台守がなぐさめていました。

「ああそうです。ただいちばんのさいわいに至るためにいろいろのかなしみもみんなおぼしめしです。」

青年が祈るようにそう答えました。

そしてあの姉弟はもうつかれてめいめいぐったり席によりかかって睡っていました。さっきのあのはだしだった足にはいつか白い柔らかな靴をはいていたのです。

ごとごとごとごと汽車はきらびやかな燐光の川の岸を進みました。向こうの方の窓を見ると、野原はまるで幻燈のようでした。百も千もの大小さまざまの三角標、その大きなものの上には赤い点々をうった測量旗も見え、野原のはてはそれらがいちめん、たくさんたくさん集まってぼおっと青白い霧のよう、そこからかまたはもっと向こうからかときどきさまざまの形のぼんやりした狼煙のようなものが、かわるがわるきれいな桔梗いろのそらにうちあげられるのでした。じつにそのすきとおった奇麗な風は、ばらの匂いでいっぱいでした。

「いかがですか。こういうリンゴはおはじめてでしょう。」向こうの席の燈台看守がいつか黄金と紅でうつくしくいろどられた大きなリンゴを落とさないように両手で膝の上にかかえていました。

「おや、どっから来たのですか。立派ですねえ。ここらではこんなリンゴができるのですか。」青年はほんとうにびっくりしたらしく燈台看守の両手にかかえられた一もりのリンゴを眼を細くしたり首をまげたりしながらわれを忘れてながめていました。

「いや、まあおとり下さい。どうか、まあおとり下さい。」

青年は一つとってジョバンニたちの方をちょっと見ました。

「さあ、向こうの坊ちゃんがた。いかがですか。おとり下さい。」

ジョバンニは坊ちゃんといわれたのですこししゃくにさわってだまっていましたがカムパネルラは、「ありがとう、」といいました。すると青年は自分でとって一つずつ二人に送ってよこしましたのでジョバンニも立ってありがとうといいました。

燈台看守はやっと両腕があいたのでこんどは自分で一つずつ睡っている姉弟の膝にそっと置きました。

「どうもありがとう。どこでできるのですか。こんな立派なリンゴは。」

青年はつくづく見ながらいいました。

「この辺ではもちろん農業はいたしますけれども大ていひとりでにいいものができるような約束になっております。農業だってそんなに骨は折れはしません。たいてい自分の望む種子さえ播けばひとりでにどんどんできます。米だってパシフィック辺のように殻もないし十倍も大きくて匂いもいいのです。けれどもあなたがたのいらっしゃる方なら農業はもうありません。リンゴだってお菓子だってかすが少しもありませんからみんなそのひとそのひとによってちがったわずかのいいかおりになって毛あなからちらけてしまうのです。」

にわかに男の子がぱっちり眼をあいていいました。

「ああぼくいまお母さんの夢をみていたよ。お母さんがね立派な戸棚や本のあるとこにいてね、ぼくの方を見て手をだしてにこにこにこにこわらったよ。ぼくおっかさん。リンゴをひろってきてあげましょうかいったら眼がさめちゃった。ああここさっきの汽車のなかだねえ。」

「そのリンゴがそこにあります。このおじさんにいただいたのですよ。」青年がいいました。

「ありがとうおじさん。おや、かおるねえさんまだねてるねえ、ぼくおこしてやろう。ねえさん。ごらん、リンゴをもらったよ。おきてごらん。」

姉はわらって眼をさましまぶしそうに両手を眼にあててそれからリンゴを見ました。男の子はまるでパイを喰べるようにもうそれを喰べていました、またせっかく剥いたそのきれいな皮も、くるくるコルク抜きのような形になって床へ落ちるまでの間にはすうっと、灰いろに光って蒸発してしまうのでした。

二人はリンゴを大切にポケットにしまいました。

川下の向こう岸に青く茂った大きな林が見え、その枝には熟してまっ赤に光る円い実がいっぱい、その林のまん中に高い高い三角標が立って、森の中からはオーケストラベルやジロフォンにまじって何ともいえずきれいな音いろが、とけるように浸みるように風につれて流れて来るのでした。

青年はぞくっとしてからだをふるうようにしました。

だまってその譜を聞いていると、そこらにいちめん黄いろやうすい緑の明るい野原か敷物かがひろがり、またまっ白なろうのような露が太陽の面を擦めて行くように思われました。

「まあ、あの烏。」カムパネルラのとなりのかおると呼ばれた女の子が叫びました。

「からすでない。みんなかささぎだ。」カムパネルラがまた何気なく叱るように叫びましたので、ジョバンニはまた思わず笑い、女の子はきまり悪そうにしました。まったく河原の青じろいあかりの上に、黒い鳥がたくさんたくさんいっぱいに列になってとまってじっと川の微光を受けているのでした。

「かささぎですねえ、頭のうしろのとこに毛がぴんと延びてますから。」青年はとりなすようにいいました。

向こうの青い森の中の三角標はすっかり汽車の正面に来ました。そのとき汽車のずうっとうしろの方から聞きなれた（約二字分空白）番の賛美歌のふしが聞こえてきました。よほどの人数で合唱しているらしいのでした。青年はさっと顔いろが青ざめ、たって一ぺんそっちへ行きそうにしましたが思いかえしてまた座りました。かおる子はハンカチを顔にあててしまいました。ジョバンニまで何だか鼻が変になりました。けれどもいつともなく誰ともなくその歌は歌いだされだんだんはっきり強くなりました。思わずジョバンニもカムパネルラも一緒にうたいだしたのです。

そして青い橄欖の森が見えない天の川の向こうにさめざめと光りながらだんだんうしろの方へ行ってしまいそこから流れて来るあやしい楽器の音ももう汽車のひびきや風の音にすり耗らされてずうっとかすかになりました。

「あ孔雀がいるよ。」

「ええたくさんいたわ。」女の子がこたえました。

ジョバンニはその小さく小さくなっていまはもう一つの緑いろの貝ぼたんのように見える森の上にさっさっと青じろく時々光ってその孔雀がはねをひろげたりとじたりする光の反射を見ました。

「そうだ、孔雀の声だってさっき聞こえた。」カムパネルラがかおる子にいいました。

「ええ、三十匹ぐらいはたしかにいたわ。ハープのように聞こえたのはみんな孔雀よ。」女の子が答えました。ジョバンニはにわかに何ともいえずかなしい気がして思わず、

「カムパネルラ、ここからはねおりて遊んで行こうよ。」とこわい顔をしていおうとしたくらいでした。

川は二つにわかれました。そのまっくらな島のまん中に高い高いやぐらが一つ組まれてその上に一人の寛い服を着て赤い帽子をかぶった男が立っていました。そして両手に赤と青の旗をもってそらを見上げて信号しているのでした。ジョバンニが見ている間その人はしきりに赤い旗をふっていましたがにわかに赤旗をおろしてうしろにかくすようにし青い旗を高く高くあげてまるでオーケストラの指揮者のように烈しく振りました。すると空中にざあっと雨のような音がして何かまっくらなものがいくかたまりもいくかたまりも鉄砲丸のように川の向こうの方へ飛んで行くのでした。ジョバンニは思わず窓からからだを半分出してそっちを見あげました。美しい美しい桔梗いろのがらんとした空の下を実に何万という小さな鳥どもが幾組も幾組もめいめいせわしくせわしく鳴いて通って行くのでした。

「鳥が飛んで行くな。」ジョバンニが窓の外でいいました。

「どら、」カムパネルラもそらを見ました。そのときあのやぐらの上のゆるい服の男はにわかに赤い旗をあげて狂気のようにふりうごかしました。するとぴたっと鳥の群れは通らなくなりそれと同時にぴしゃぁんという潰れたような音が川下の方で起こってそれからしばらくしいんとしました。と思ったらあの赤帽の信号手がまた青い旗をふって叫んでいたのです。

「いまこそわたれわたり鳥、いまこそわたれわたり鳥。」その声もはっきり聞こえました。それといっしょにまた幾万という鳥の群れがそらをまっすぐにかけたのです。二人の顔を出しているまん中の窓からあの女の子が顔を出して美しい頬をかがやかせながらそらを仰ぎました。

「まあ、この鳥、たくさんですわねえ、あらまあそらのきれいなこと。」女の子はジョバンニにはなしかけましたけれどもジョバンニは生意気ないやだいと思いながらだまって口をむすんでそらを見あげていました。女の子は小さくほっと息をしてだまって席へ戻りました。カムパネルラが気の毒そうに窓から顔を引っ込めて地図を見ていました。

「あの人鳥へ教えてるんでしょうか。」女の子がそっとカムパネルラにたずねました。

「わたり鳥へ信号しているんです。きっとどこからかのろしがあがるためでしょう。」カムパネルラが少しおぼつかなそうに答えました。そして車の中はしぃんとなりました。ジョバンニはもう頭を引っ込めたかったのですけれども明るいとこへ顔を出すのがつらかったのでだまってこらえてそのまま立って口笛を吹いていました。

(どうして僕はこんなにかなしいのだろう。僕はもっとこころもちをきれいに大きくもたなければいけない。あすこの岸のずうっと向こうにまるでけむりのような小さな青い火が見える。あれはほんとうにしずかでつめたい。僕はあれをよく見てこころもちをしずめるんだ。)ジョバンニは熱って痛いあたまを両手で押さえるようにしてそっちの方を見ました。(ああほんとうにどこまでもどこまでも僕といっしょに行くひとはないだろうか。カムパネルラだってあんな女の子とおもしろそうに談しているし僕はほんとうにつらいなあ。)ジョバンニの眼はまた泪でいっぱいになり天の川もまるで遠くへ行ったようにぼんやり白く見えるだけでした。

そのとき汽車はだんだん川からはなれて崖の上を通るようになりました。向こう岸もまた黒いいろの崖が川の岸を下流に下るにしたがってだんだん高くなって行くのでした。そしてちらっと大きなとうもろこしの木を見ました。その葉はぐるぐるに縮れ葉の下にはもう美しい緑いろの大きな苞が赤い毛を吐いて真珠のような実もちらっと見えたのでした。それはだんだん数を増して来てもういまは列のように崖と線路との間にならび思わずジョバンニが窓から顔を引っ込めて向こう側の窓を見ましたときは美しいそらの野原の地平線のはてまでその大きなとうもろこしの木がほとんどいちめんに植えられてさやさや風にゆらぎその立派なちぢれた葉のさきからはまるでひるの間にいっぱい日光を吸った金剛石のように露がいっぱいについて赤や緑やきらきら燃えて光っているのでした。カムパネルラが「あれとうもろこしだね。」とジョバンニにいいましたけれどもジョバンニはどうしても気持ちがなおりませんでしたからただぶっきり棒に野原を見たまま「そうだろう。」と答えました。そのとき汽車はだんだんしずかになっていくつかのシグナルとてんてつ器の燈を過ぎ小さな停車場にとまりました。

その正面の青じろい時計はかっきり第二時を示しその振り子は風もなくなり汽車もうごかずしずかなしずかな野原のなかにカチッカチッと正しく時を刻んで行くのでした。

そしてまったくその振り子の音のたえまを遠くの遠くの野原のはてから、かすかなかすかな旋律が糸のように流れて来るのでした。「新世界交響楽だわ。」姉がひとりごとのようにこっちを見ながらそっといいました。まったくもう車の中ではあの黒服の丈高い青年も誰もみんなやさしい夢を見ているのでした。

（こんなしずかないいとこで僕はどうしてもっと愉快になれないだろう。どうしてこんなにひとりさびしいのだろう。けれどもカムパネルラなんかあんまりひどい、僕といっしょに汽車に乗っていながらまるであんな女の子とばかり談しているんだもの。僕はほんとうにつらい。）ジョバンニはまた両手で顔を半分かくすようにして向こうの窓のそとを見つめていました。すきとおった硝子のような笛が鳴って汽車はしずかに動きだし、カムパネルラもさびしそうに星めぐりの口笛を吹きました。

「ええ、ええ、もうこの辺はひどい高原ですから。」うしろの方で誰かとしよりらしい人のいま眼がさめたという風ではきはき談している声がしました。

「とうもろこしだって棒で二尺も孔をあけておいてそこへ播かないと生えないんです。」

「そうですか。川まではよほどありましょうかねえ、」

「ええええ河までは二千尺から六千尺あります。もうまるでひどい峡谷になっているんです。」

そうそうここはコロラドの高原じゃなかったろうか、ジョバンニは思わずそう思いました。カムパネルラはまださびしそうにひとり口笛を吹き、女の子はまるで絹で包んだリンゴのような顔いろをしてジョバンニの見る方を見ているのでした。

突然とうもろこしがなくなって巨きな黒い野原がいっぱいにひらけました。新世界交響楽はいよいよはっきり地平線のはてから湧きそのまっ黒な野原のなかを一人のインディアンが白い鳥の羽根を頭につけたくさんの石を腕と胸にかざり小さな弓に矢を番えて一目散に汽車を追って来るのでした。

「あら、インディアンですよ。インディアンですよ。おねえさまごらんなさい。」

黒服の青年も眼をさましました。ジョバンニもカムパネルラも立ちあがりました。

「走って来るわ、あら、走って来るわ。追いかけているんでしょう。」

「いいえ、汽車を追ってるんじゃないんですよ。猟をするか踊るかしてるんですよ。」青年はいまどこにいるか忘れたという風にポケットに手を入れて立ちながらいいました。

まったくインディアンは半分は踊っているようでした。第一かけるにしても足のふみようがもっと経済もとれ本気にもなれそうでした。にわかにくっきり白いその羽根は前の方へ倒れるようになりインディアンはぴたっと立ちどまってすばやく弓を空にひきました。そこから一羽の鶴がふらふらと落ちて来てまた走りだしたインディアンの大きくひろげた両手に落ちこみました。インディアンはうれしそうに立ってわらいました。そしてその鶴をもってこっちを見ている影ももうどんどん小さく遠くなり電しんばしらの碍子がきらっきらっと続いて二つばかり光ってまたとうもろこしの林になってしまいました。こっち側の窓を見ますと汽車はほんとうに高い高い崖の上を走っていてその谷の底には川がやっぱり幅ひろく明るく流れていたのです。

「ええ、もうこの辺から下りです。何せこんどは一ぺんにあの水面までおりて行くんですから容易じゃありません。この傾斜があるもんですから汽車は決して向こうからこっちへは来ないんです。そら、もうだんだん早くなったでしょう。」さっきの老人らしい声がいいました。

どんどんどんどん汽車は降りて行きました。崖のはじに鉄道がかかるときは川が明るく下にのぞけたのです。ジョバンニはだんだんこころもちが明るくなって来ました。汽車が小さな小屋の前を通ってその前にしょんぼりひとりの子供が立ってこっちを見ているときなどは思わずほうと叫びました。

どんどんどんどん汽車は走って行きました。室中のひとたちは半分うしろの方へ倒れるようになりながら腰掛けにしっかりしがみついていました。ジョバンニは思わずカムパネルラとわらいました。もうそして天の川は汽車のすぐ横手をいままでよほど激しく流れて来たらしくときどきちらちら光ってながれているのでした。うすあかい河原なでしこの花があちこち咲いていました。汽車はようやく落ち着いたようにゆっくりと走っていました。

向こうとこっちの岸に星のかたちとつるはしを書いた旗がたっていました。

「あれ何の旗だろうね。」ジョバンニがやっとものをいいました。

「さあ、わからないねえ、地図にもないんだもの。鉄の舟がおいてあるねえ。」

「ああ。」

「橋を架けるとこじゃないんでしょうか。」女の子がいいました。

「ああああれ工兵の旗だねえ。架橋演習をしてるんだ。けれど兵隊のかたちが見えないねえ。」

その時向こう岸ちかくの少し下流の方で見えない天の川の水がぎらっと光って柱のように高くはねあがりどぉと烈しい音がしました。

「発破だよ、発破だよ。」カムパネルラはこおどりしました。

その柱のようになった水は見えなくなり大きな鮭や鱒がきらっきらっと白く腹を光らせて空中に抛り出されて円い輪を描いてまた水に落ちました。ジョバンニはもうはねあがりたいくらい気持ちが軽くなっていいました。

「空の工兵大隊だ。どうだ、鱒やなんかがまるでこんなになってはねあげられたねえ。僕こんな愉快な旅はしたことない。いいねえ。」

「あの鱒なら近くで見たらこれくらいあるねえ、たくさんさかないるんだな、この水の中に。」

「小さなお魚もいるんでしょうか。」女の子が談につり込まれていいました。

「いるんでしょう。大きなのがいるんだから小さいのもいるんでしょう。けれど遠くだからいま小さいの見えなかったねえ。」ジョバンニはもうすっかり機嫌が直って面白そうにわらって女の子に答えました。

「あれきっと双子のお星さまのお宮だよ。」男の子がいきなり窓の外をさして叫びました。

右手の低い丘の上に小さな水晶ででもこさえたような二つのお宮がならんで立っていました。

「双子のお星さまのお宮って何だい。」

「あたし前になんべんもお母さんから聴いたわ。ちゃんと小さな水晶のお宮で二つならんでいるからきっとそうだわ。」

「はなしてごらん。双子のお星さまが何したっての。」

「ぼくも知ってらい。双子のお星さまが野原へ遊びにでてからすと喧嘩したんだろう。」

「そうじゃないわよ。あのね、天の川の岸にね、おっかさんお話しなすったわ、……」

「それから彗星がギーギーフーギーギーフーていって来たねえ。」

「いやだわたあちゃんそうじゃないわよ。それはべつの方だわ。」

「するとあすこにいま笛を吹いているんだろうか。」

「いま海へ行ってらあ。」

「いけないわよ。もう海からあがっていらっしゃったのよ。」

「そうそう。ぼく知ってらあ、ぼくおはなししよう。」

川の向こう岸がにわかに赤くなりました。楊の木や何かもまっ黒にすかし出され見えない天の川の波もときどきちらちら針のように赤く光りました。まったく向こう岸の野原に大きなまっ赤な火が燃されその黒いけむりは高く桔梗いろのつめたそうな天をも焦がしそうでした。ルビーよりも赤くすきとおりリチウムよりもうつくしく酔ったようになってその火は燃えているのでした。

「あれは何の火だろう。あんな赤く光る火は何を燃やせばできるんだろう。」ジョバンニはいいました。

「蠍の火だな。」カムパネルラがまた地図と首っ引きして答えました。

「あら、蠍の火のことならあたし知ってるわ。」

「蠍の火って何だい。」ジョバンニがききました。

「蠍がやけて死んだのよ。その火がいまでも燃えてるってあたし何べんもお父さんから聴いたわ。」

「蠍って、虫だろう。」

「ええ、蠍は虫よ。だけどいい虫だわ。」

「蠍いい虫じゃないよ。僕博物館でアルコールにつけてあるの見た。尾にこんなかぎがあってそれで螫されると死ぬって先生がいったよ。」

MP3 22

「そうよ。だけどいい虫だわ、お父さんこういったのよ。むかしのバルドラの野原に一ぴきの蠍がいて小さな虫やなんか殺してたべて生きていたんですって。するとある日いたちに見附かって食べられそうになったんですって。さそりは一生けん命遁げて遁げたけどとうとういたちに押さえられそうになったわ、そのときいきなり前に井戸があってその中に落ちてしまったわ、もうどうしてもあがられないでさそりは溺れはじめたのよ。そのときさそりはこういってお祈りしたというの、

ああ、わたしはいままでいくつのものの命をとったかわからない、そしてその私がこんどいたちにとられようとしたときはあんなに一生けん命にげた。それでもとうとうこんなになってしまった。ああなんにもあてにならない。どうしてわたしはわたしのからだをだまっていたちにくれてやらなかったろう。そしたらいたちも一日生きのびたろうに。どうか神さま。私の心をごらん下さい。こんなにむなしく命をすてずどうかこの次にはまことのみんなの幸せのために私のからだをおつかい下さい。っていったというの。そしたらいつか蠍はじぶんのからだがまっ赤なうつくしい火になって燃えてよるのやみを照らしているのを見たって。いまでも燃えてるってお父さん仰ったわ。ほんとうにあの火それだわ。」

「そうだ。見たまえ。そこらの三角標はちょうどさそりの形にならんでいるよ。」

ジョバンニはまったくその大きな火の向こうに三つの三角標がちょうどさそりの腕のようにこっちに五つの三角標がさそりの尾やかぎのようにならんでいるのを見ました。そしてほんとうにそのまっ赤なうつくしいさそりの火は音なくあかるくあかるく燃えたのです。

その火がだんだんうしろの方になるにつれてみんなは何ともいえずにぎやかなさまざまの楽の音や草花の匂いのようなもの口笛や人々のざわざわいう声やらを聞きました。それはもうじきちかくに町か何かがあってそこにお祭りでもあるというような気がするのでした。

「ケンタウル露をふらせ。」いきなりいままで睡っていたジョバンニのとなりの男の子が向こうの窓を見ながら叫んでいました。

ああそこにはクリスマストリイのようにまっ青な唐檜かもみの木がたってその中にはたくさんのたくさんの豆電燈がまるで千の蛍でも集まったようについていました。

「ああ、そうだ、今夜ケンタウン祭だねえ。」

「ああ、ここはケンタウンの村だよ。」カムパネルラがすぐいいました。（以下原稿一枚なし）

「ボール投げなら僕決してはずさない。」

男の子が大威張りでいいました。

「もうじきサウザンクロスです。おりる支度をして下さい。」青年がみんなにいいました。

「僕も少し汽車へ乗ってるんだよ。」男の子がいいました。カムパネルラのとなりの女の子はそわそわ立って支度をはじめましたけれどもやっぱりジョバンニたちとわかれたくないようなようすでした。

「ここでおりなけぁいけないのです。」青年はきちっと口を結んで男の子を見おろしながらいいました。

「厭だい。僕もう少し汽車へ乗ってから行くんだい。」

ジョバンニがこらえ兼ねていいました。

「僕たちと一緒に乗って行こう。僕たちどこまでだって行ける切符持ってるんだ。」

「だけどあたしたちもうここで降りなけぁいけないのよ。ここ天上へ行くとこなんだから。」女の子がさびしそうにいいました。

「天上へなんか行かなくたっていいじゃないか。ぼくたちここで天上よりももっといいとこをこさえなけぁいけないって僕の先生がいったよ。」

「だっておっ母さんも行ってらっしゃるしそれに神さまが仰るんだわ。」

「そんな神さまうその神さまだい。」

「あなたの神さまうその神さまよ。」

「そうじゃないよ。」

「あなたの神さまってどんな神さまですか。」青年は笑いながらいいました。

「ぼくほんとうはよく知りません、けれどもそんなんでなしにほんとうのたった一人の神さまです。」

「ほんとうの神さまはもちろんたった一人です。」

「ああ、そんなんでなしにたったひとりのほんとうのほんとうの神さまです。」

「だからそうじゃありませんか。わたくしはあなた方がいまにそのほんとうの神さまの前にわたくしたちとお会いになることを祈ります。」青年はつつましく両手を組みました。女の子もちょうどその通りにしました。みんなほんとうに別れが惜しそうでその顔いろも少し青ざめて見えました。ジョバンニはあぶなく声をあげて泣きだそうとしました。

「さあもう支度はいいんですか。じきサウザンクロスですから。」

ああそのときでした。見えない天の川のずうっと川下に青や橙やもうあらゆる光でちりばめられた十字架がまるで一本の木という風に川の中から立ってかがやきその上には青じろい雲がまるい環になって後光のようにかかっているのでした。汽車の中がまるでざわざわしました。みんなあの北の十字のときのようにまっすぐ立ってお祈りをはじめました。あっちにもこっちにも子供が瓜に飛びついたときのようなよろこびの声や何ともいいようない深いつつましいためいきの音ばかりきこえました。そしてだんだん十字架は窓の正面になりあのリンゴの肉のような青じろい環の雲もゆるやかにゆるやかに繞っているのが見えました。

「ハルレヤハルレヤ。」明るくたのしくみんなの声はひびきみんなはそのそらの遠くからつめたいそらの遠くからすきとおった何ともいえずさわやかなラッパの声をききました。そしてたくさんのシグナルや電燈の燈のなかを汽車はだんだんゆるやかになりとうとう十字架のちょうどま向かいに行ってすっかりとまりました。

「さあ、下りるんですよ。」青年は男の子の手をひきだんだん向こうの出口の方へ歩きだしました。

「じゃさよなら。」女の子がふりかえって二人にいいました。

「さよなら。」ジョバンニはまるで泣きだしたいのをこらえて怒ったようにぶっきり棒にいいました。女の子はいかにもつらそうに眼を大きくしても一度こっちをふりかえってそれからあとはもうだまって出て行ってしまいました。汽車の中はもう半分以上も空いてしまいにわかにがらんとしてさびしくなり風がいっぱいに吹き込みました。

そして見ているとみんなはつつましく列を組んであの十字架の前の天の川のなぎさにひざまずいていました。そしてその見えない天の川の水をわたってひとりの神々しい白いきものの人が手をのばしてこっちへ来るのを二人は見ました。けれどもそのときはもう硝子の呼子は鳴らされ汽車はうごき出しと思ううちに銀いろの霧が川下の方からすうっと流れて来てもうそっちは何も見えなくなりました。ただたくさんのくるみの木が葉をさんさんと光らしてその霧の中に立ち黄金の円光をもった電気栗鼠が可愛い顔をその中からちらちらのぞいているだけでした。

そのときすうっと霧がはれかかりました。どこかへ行く街道らしく小さな電燈の一列についた通りがありました。それはしばらく線路に沿って進んでいました。そして二人がそのあかしの前を通って行くときはその小さな豆いろの火はちょうど挨拶でもするようにぽかっと消え二人が過ぎて行くときまた点くのでした。

ふりかえって見るとさっきの十字架はすっかり小さくなってしまいほんとうにもうそのまま胸にも吊るされそうになり、さっきの女の子や青年たちがその前の白い渚にまだひざまずいているのかそれともどこか方角もわからないその天上へ行ったのかぼんやりして見分けられませんでした。

ジョバンニはああと深く息しました。

「カムパネルラ、また僕たち二人きりになったねえ、どこまでもどこまでも一緒に行こう。僕はもうあのさそりのようにほんとにみんなの幸せのためならば僕のからだなんか百ぺん灼いてもかまわない。」

「うん。僕だってそうだ。」カムパネルラの眼にはきれいな涙がうかんでいました。

「けれどもほんとうのさいわいは一体何だろう。」ジョバンニがいいました。

「僕わからない。」カムパネルラがぼんやりいいました。

「僕たちしっかりやろうねえ。」ジョバンニが胸いっぱい新しい力が湧くようにふうと息をしながらいいました。

「あ、あすこ石炭袋だよ。そらの孔だよ。」カムパネルラが少しそっちを避けるようにしながら天の川の一とこを指さしました。ジョバンニはそっちを見てまるでぎくっとしてしまいました。天の川の一とこに大きなまっくらな孔がどおんとあいているのです。その底がどれほど深いかその奥に何があるかいくら眼をこすってのぞいてもなんにも見えずただ眼がしんしんと痛むのでした。ジョバンニがいいました。

「僕もうあんな大きな暗の中だってこわくない。きっとみんなのほんとうのさいわいをさがしに行く。どこまでもどこまでも僕たち一緒に進んで行こう。」

「ああきっと行くよ。ああ、あすこの野原はなんてきれいだろう。みんな集まってるねえ。あすこがほんとうの天上なんだ。あっあすこにいるのぼくのお母さんだよ。」カムパネルラはにわかに窓の遠くに見えるきれいな野原を指して叫びました。

ジョバンニもそっちを見ましたけれどもそこはぼんやり白くけむっているばかりどうしてもカムパネルラがいったように思われませんでした。何ともいえずさびしい気がしてぼんやりそっちを見ていましたら向こうの河岸に二本の電信ばしらがちょうど両方から腕を組んだように赤い腕木をつらねて立っていました。

「カムパネルラ、僕たち一緒に行こうねえ。」ジョバンニがこういいながらふりかえって見ましたらそのいままでカムパネルラの座っていた席にもうカムパネルラの形は見えずただ黒いびろうどばかりひかっていました。ジョバンニはまるで鉄砲丸のように立ちあがりました。そして誰にも聞こえないように窓の外へからだを乗り出して力いっぱいはげしく胸をうって叫びそれからもう咽喉いっぱい泣きだしました。もうそこらが一ぺんにまっくらになったように思いました。

ジョバンニは眼をひらきました。もとの丘の草の中につかれてねむっていたのでした。胸は何だかおかしく熱り頬にはつめたい涙がながれていました。

ジョバンニはばねのようにはね起きました。町はすっかりさっきの通りに下でたくさんの燈を綴ってはいましたがその光はなんだかさっきよりは熱したという風でした。そしてたったいま夢であるいた天の川もやっぱりさっきの通りに白くぼんやりかかりまっ黒な南の地平線の上では殊にけむったようになってその右には蠍座の赤い星がうつくしくきらめき、そらぜんたいの位置はそんなに変わってもいないようでした。

ジョバンニは一さんに丘を走って下りました。まだ夕ごはんをたべないで待っているお母さんのことが胸いっぱいに思いだされたのです。どんどん黒い松の林の中を通ってそれからほの白い牧場の柵をまわってさっきの入り口から暗い牛舎の前へまた来ました。そこには誰かがいま帰ったらしくさっきなかった一つの車が何かの樽を二つ乗っけて置いてありました。

「今晩は、」ジョバンニは叫びました。

「はい。」白い太いずぼんをはいた人がすぐ出て来て立ちました。

「何のご用ですか。」

「今日牛乳がぼくのところへ来なかったのですが。」

「あ済みませんでした。」その人はすぐ奥へ行って一本の牛乳瓶をもって来てジョバンニに渡しながらまたいいました。

「ほんとうに、済みませんでした。今日はひるすぎうっかりしてこうしの柵をあけておいたもんですから大将さっそく親牛のところへ行って半分ばかり呑んでしまいましてね……。」その人はわらいました。

「そうですか。ではいただいて行きます。」

「ええ、どうも済みませんでした。」

「いいえ。」

ジョバンニはまだ熱い乳の瓶を両手のてのひらで包むようにもって牧場の柵を出ました。

そしてしばらく木のある町を通って大通りへ出てまたしばらく行きますとみちは十文字になってその右手の方、通りのはずれにさっきカムパネルラたちのあかりを流しに行った川へかかった大きな橋のやぐらが夜のそらにぼんやり立っていました。

ところがその十字になった町かどや店の前に女たちが七、八人ぐらいずつ集まって橋の方を見ながら何かひそひそ談しているのです。それから橋の上にもいろいろなあかりがいっぱいなのでした。

ジョバンニはなぜかさあっと胸が冷たくなったように思いました。そしていきなり近くの人たちへ、

「何かあったんですか。」と叫ぶようにききました。

「こどもが水へ落ちたんですよ。」一人がいいますとその人たちは一斉にジョバンニの方を見ました。ジョバンニはまるで夢中で橋の方へ走りました。橋の上は人でいっぱいで河が見せませんでした。白い服を着た巡査も出ていました。

ジョバンニは橋の袂から飛ぶように下の広い河原へおりました。

その河原の水際に沿ってたくさんのあかりがせわしくのぼったり下ったりしていました。向こう岸の暗いどてにも火が七つ八つうごいていました。そのまん中をもう烏瓜のあかりもない川が、わずかに音をたてて灰いろにしずかに流れていたのでした。

河原のいちばん下流の方へ洲のようになって出たところに人の集まりがくっきりまっ黒に立っていました。ジョバンニはどんどんそっちへ走りました。するとジョバンニはいきなりさっきカムパネルラといっしょだったマルソに会いました。マルソがジョバンニに走り寄ってきました。

「ジョバンニ、カムパネルラが川へはいったよ。」

「どうして、いつ。」

「ザネリがね、舟の上から烏うりのあかりを水の流れる方へ押してやろうとしたんだ。そのとき舟がゆれたもんだから水へ落っこったろう。するとカムパネルラがすぐ飛びこんだんだ。そしてザネリを舟の方へ押してよこした。ザネリはカトウにつかまった。けれどもあとカムパネルラが見えないんだ。」

「みんな探してるんだろう。」

「ああすぐみんな来た。カムパネルラのお父さんも来た。けれども見附からないんだ。ザネリはうちへ連れられてった。」

ジョバンニはみんなのいるそっちの方へ行きました。そこに学生たち町の人たちに囲まれて青じろい尖ったあごをしたカムパネルラのお父さんが黒い服を着てまっすぐ立って右手に持った時計をじっと見つめていたのです。

みんなもじっと河を見ていました。誰も一言も物をいう人もありませんでした。ジョバンニはわくわくわくわく足がふるえました。魚をとるときのアセチレンランプがたくさんせわしく行ったり来たりして黒い川の水はちらちら小さな波をたてて流れているのが見えるのでした。

下流の方は川はば一ぱい銀河が巨きく写ってまるで水のないそのままのそらのように見えました。

ジョバンニはそのカムパネルラはもうあの銀河のはずれにしかいないというような気がしてしかたなかったのです。

けれどもみんなはまだ、どこかの波の間から、

「ぼくずいぶん泳いだぞ。」といいながらカムパネルラが出て来るかあるいはカムパネルラがどこかの人の知らない洲にでも着いて立っていて誰かの来るのを待っているかというような気がして仕方ないらしいのでした。けれどもにわかにカムパネルラのお父さんがきっぱりいいました。

「もう駄目です。落ちてから四十五分たちましたから。」

ジョバンニは思わずかけよって博士の前に立って、ぼくはカムパネルラの行った方を知っていますぼくはカムパネルラといっしょに歩いていたのですといおうとしましたがもうのどがつまって何ともいえませんでした。すると博士はジョバンニが挨拶に来たとでも思ったものですか、しばらくしげしげジョバンニを見ていましたが、

「あなたはジョバンニさんでしたね。どうも今晩はありがとう。」と叮ねいにいいました。

ジョバンニは何もいえずにただおじぎをしました。

「あなたのお父さんはもう帰っていますか。」博士は堅く時計を握ったまままたききました。

「いいえ。」ジョバンニはかすかに頭をふりました。

「どうしたのかなあ、ぼくには一昨日大へん元気な便りがあったんだが。今日あたりもう着くころなんだが。船が遅れたんだな。ジョバンニさん。あした放課後みなさんとうちへ遊びに来てくださいね。」

そういいながら博士はまた川下の銀河のいっぱいにうつった方へじっと眼を送りました。

ジョバンニはもういろいろなことで胸がいっぱいでなんにもいえずに博士の前をはなれて早くお母さんに牛乳を持って行ってお父さんの帰ることを知らせようと思うともう一目散に河原を街の方へ走りました。

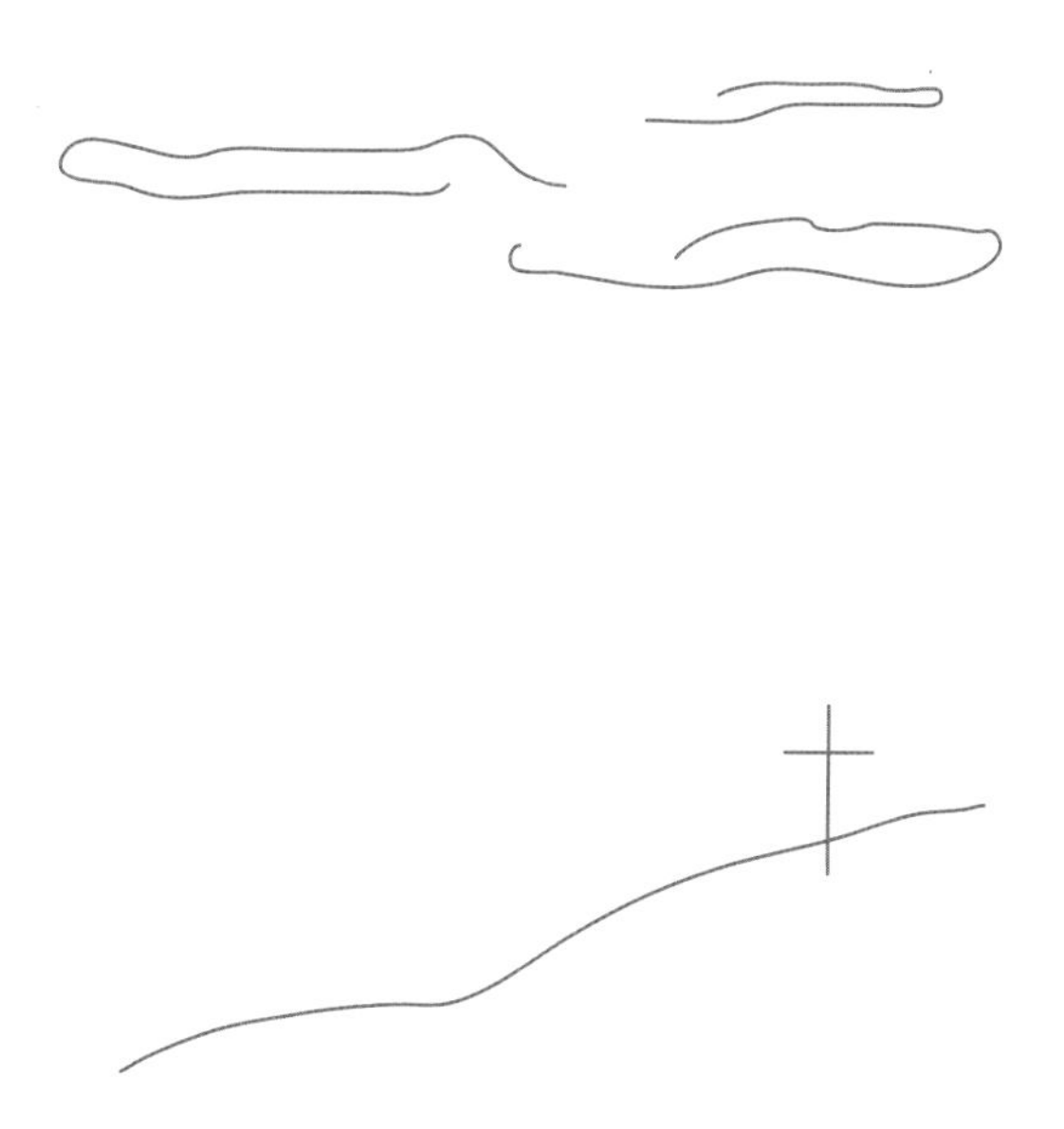

附錄

宮澤賢治詩選

紀念館介紹

宮澤賢治年表

名言短句收錄

MP3+音軌表

MP3 23

不畏風雨／

不輸給雨
不輸給風
不輸給寒雪以及夏天的炎熱
有著健康的身體
不帶有多餘的慾望 也絕不生氣
總是安靜地笑著
每天吃四合糙米
味噌、以及一點點蔬菜
對於任何事情
都不加入爭論
多聽多看，好好地去了解
然後謹記在心
住在原野中松林蔭底下的
小茅草屋

東邊如果有生病的孩子
就去照顧他
西邊如果有疲憊的母親
就去幫她扛稻束
南邊如果有人臨終
就去告訴他不要害怕
北邊如果有人在吵架或是控訴
就叫他們停止做無聊的事
為旱災流淚
在寒夏時不安地走著
被大家說我一無是處
得不到稱讚
也不要別人為我擔憂
我想成為
像這樣的人

雨にも負けず／

雨にも負けず
風にも負けず
雪にも夏の暑さにも負けぬ
丈夫な体を持ち
慾はなく 決して怒らず
いつも静かに笑っている
一日に玄米四合と
味噌と少しの野菜を食べ
あらゆることを
自分を勘定に入れずに
よく見聞きし分かり
そして忘れず
野原の松の林の陰の
小さな萱ぶきの小屋にいて

東に病気の子供あれば
行って看病してやり
西に疲れた母あれば
行ってその稲の束を負い
南に死にそうな人あれば
行って怖がらなくてもいいと言い
北に喧嘩や訴訟があれば
詰まらないから止めろと言い
日照りの時は涙を流し
寒さの夏はおろおろ歩き
皆に木偶の坊と呼ばれ
褒められもせず
苦にもされず
そういうものに
私はなりたい

冬天與銀河車站／

天空飛著沙塵似的小鳥
陽炎或青色的希臘文字
匆忙地燒在原野的雪上
帕仙大街道的扁柏上
冰凍的露珠燦爛滴落
銀河車站的遠方信號機
今朝也赤紅地沉澱
河川明明漂來許多流冰
但大家都穿上生橡膠長靴
披上狐狸或狗毛皮
逛著陶器的攤販
或品鑑掛上的章魚

這是那熱鬧的土澤冬日集市
（榿樹跟耀眼的雲之酒精
那裡槲寄生的黃金瓔
也深深地發亮）
啊啊 Josef Pasternack 所指揮
這個冬天的銀河輕便鐵道
穿過幾層纖柔的冰
（電線桿的紅色礙子與松樹森林）
掛著虛假的金色金屬
茶色眼瞳凜然睜開
寒冷的青濛天椀下
奔馳在風和日麗的白雪台地

（玻璃窗上的冰羊齒
漸漸化為白色煙氣）
帕仙大街道的扁柏上
露珠燃燒著一齊滑落
彈起的綠枝
紅玉跟黃玉又或各色光譜
儼然如市場般熱切地交易

冬と銀河ステーション／

そらにはちりのやうに小鳥がとび
かげらふや青いギリシヤ文字は
せはしく野はらの雪に燃えます
パッセン大街道のひのきからは
凍つたしづくが燦々と降り
銀河ステーションの遠方シグナルも
けさはまつ赤に澱んでゐます
川はどんどん氷を流してゐるのに
みんなは生ゴムの長靴をはき
狐や犬の毛皮を着て
陶器の露店をひやかしたり
ぶらさがつた章魚を品さだめしたりする
あのにぎやかな土沢の冬の市日です

（はんの木とまばゆい雲のアルコホル
あすこにやどりぎの黄金のゴールが
さめざめとしてひかつてもいい）
あゝ Josef Pasternack の指揮する
この冬の銀河軽便鉄道は
幾重のあえかな氷をくぐり
（でんしんばしらの赤い碍子と松の森）
にせものの金のメタルをぶらさげて
茶いろの瞳をりんと張り
つめたく青らむ天椀の下
うららかな雪の台地を急ぐもの
（窓のガラスの氷の羊歯は
だんだん白い湯気にかはる）
パツセン大街道のひのきから

しづくは燃えていちめんに降り
はねあがる青い枝や
紅玉やトパースまたいろいろのスペクトルや
もうまるで市場のやうな盛んな取引です

「如果穿過這森林」／

若是穿過這森林
路就轉回剛剛的水車
鳥啼得刺眼
那應該是渡冬的斑點鶇群
銀河南端徹夜
發出白光爆炸
螢火蟲四處紛飛
而且風也毫不間斷搖晃樹木
所以鳥才掉落而無眠
喧鬧得如此厲害吧
但是
我才剛踏入森林一步

就這麼激烈
就這麼更是激烈地
簡直像是陣雨般嚎泣般
還真是奇怪的一群傢伙啊
這裡是廣大的羅漢柏林
那一枝枝深黑枝椏之間
四處的天空碎片
各式各樣地顫抖或呼吸
送來可說是所有年代的
光之目錄
……因為鳥實在太吵亂
所以我呆立著……
道路延伸到微白的遠方

從一棵樹木的坑窪
升起濁紅的火星
只有兩隻鳥不知何時來到
神氣地吱吱作響後飛走
啊啊風吹來溫暖或銀的分子
遞來所有四面體的感觸
螢火蟲若飛得更紊亂
鳥便啼叫得比雨聲更頻繁
我從森林深處盡頭
聽到死去妹妹的聲音
……就算不是這樣
誰都是相同的
誰都不會懷想新思……

草叢悶氣與扁柏香味
鳥更加吵鬧喧囂
為什麼鬧成這樣呢
引水到田地的人們
即使躡著腳走在森林邊
即使南方天空偶劃過流星
那都不危險
安靜地沉睡也沒關係的

〔この森を通りぬければ〕／

この森を通りぬければ
みちはさっきの水車へもどる
鳥がぎらぎら啼いてゐる
たしか渡りのつぐみの群だ
夜どほし銀河の南のはじが
白く光って爆発したり
蛍があんまり流れたり
おまけに風がひっきりなしに樹をゆするので
鳥は落ちついて睡られず
あんなにひどくさわぐのだらう
けれども
わたくしが一あし林のなかにはいったばかりで
こんなにはげしく

こんなに一さうはげしく
まるでにはか雨のやうになくのは
何といふおかしなやつらだらう
ここは大きなひばの林で
そのまっ黒ないちいちの枝から
あちこち空のきれぎれが
いろいろにふるえたり呼吸したり
云はゞあらゆる年代の
光の目録を送ってくる
……鳥があんまりさわぐので
私はぼんやり立ってゐる……
みちはほのじろく向ふへながれ
一つの木立の窪みから
赤く濁った火星がのぼり

鳥は二羽だけいつかこつそりやつて来て
何か冴え冴え軋つて行つた
あゝ風が吹いてあたたかさや銀の分子
あらゆる四面体の感触を送り
蛍が一さう乱れて飛べば
鳥は雨よりしげくなき
わたくしは死んだ妹の声を
林のはてのはてからきく
……それはもうさうでなくても
誰でもおなじことなのだから
またあたらしく考へ直すこともない……
草のいきれとひのきのにほひ
鳥はまた一さうひどくさわぎだす
どうしてそんなにさわぐのか

田に水を引く人たちが
抜き足をして林のへりをあるいても
南のそらで星がたびたび流れても
べつにあぶないことはない
しづかに睡ってかまはないのだ

和風吹滿河谷／

啊，稻子終於起來了
如實的生物
如實的精巧機械
稻子全都起來了
在雨期等待的稻穎
現在閃耀著小小的白花
紅色蜻蜓嗖嗖飛在
寧靜的淡褐色陽光上
啊啊
從南方或西南方
和風吹滿河谷
汗濕的襯衫若乾了

熱燙的額頭與眼皮也會冷卻
一切辛苦的結果中
七月稻分櫱得好
展示了豐饒的秋天
但這八月中旬
就有十二日的赤紅朝霞
濕度九十的六日
莖桿只是萎靡徒長
雖結穗開花，
但終於在昨日強雨下
一株株傾倒
而且在寒雨的水花中
像來弔唁般的冰霧

披在倒下的稻子上
啊啊自然過於意外
也太過直率了
曾認為百中無一
那麼可怕的開花期雨
竟從正面襲來
將費心照顧的成果
全部接連打倒
相對地
本認為十次也未有一次之事
只因些許育苗的不同
施用磷酸的差異
今天就全部都起來了

從填滿森林的地平線
從閃耀青輝的死火山群
吹來的風翻越整面稻田
栗葉燦爛
現正進行清爽的蒸散
與透明汁液的移轉
啊啊我們身在曠野中
身在茁壯得像是蘆葦般嘈雜的稻田中
如純樸的古代諸神
再怎麼手舞足蹈都不夠

和風は河谷いっぱいに吹く／

あ、たうたう稲は起きた
まったくのいきもの
まったくの精巧な機械
稲がそろって起きてゐる
雨のあひだまってゐた穎は
いま小さな白い花をひらめかし
しづかな飴いろの日だまりの上を
赤いとんぼもすうすう飛ぶ
あゝ
南からまた西南から
和風は河谷いっぱいに吹いて
汗にまみれたシャツも乾けば
熱した額やまぶたも冷える

あらゆる辛苦の結果から
七月稲はよく分蘖し
豊かな秋を示してゐたが
この八月のなかばのうちに
十二の赤い朝焼けと
湿度九〇の六日を数へ
茎稈弱く徒長して
穂も出し花もつけながら、
ついに昨日のはげしい雨に
次から次と倒れてしまひ
うへには雨のしぶきのなかに
とむらふやうなつめたい霧が
倒れた稲を被ってゐた
あゝ自然はあんまり意外で

そしてあんまり正直だ
百に一つなからうと思った
あんな恐ろしい開花期の雨は
もうまっかうからやって来て
力を入れたほどのものを
みんなばたばた倒してしまった
その代りには
十に一つも起きれまいと思ってゐたものが
わづかの苗のつくり方のちがひや
燐酸のやり方のために
今日はそろってみな起きてゐる
森で埋めた地平線から
青くかゞやく死火山列から
風はいちめん稲田をわたり

また栗の葉をかゞやかし
いまさわやかな蒸散と
透明な汁液の移転
あゝわれわれは曠野のなかに
芦とも見えるまで逞ましくさやぐ稲田のなかに
素朴なむかしの神々のやうに
べんぶしてもべんぶしても足りない

宮澤賢治紀念館／宮澤賢治童話村

宮澤賢治紀念館位於他的故鄉岩手縣花卷市。裡面收藏許多宮澤賢治的照片和珍貴的手稿，並展示了他平常的興趣，像是收集礦石、水彩畫、大提琴等等，完善地保存了宮澤賢治的遺物，讓大家可以更了解他。

紀念館跟童話村的中間有一家出現在《要求很多的餐廳》裡的恐怖餐廳「山貓軒」，不過不用擔心！這裡的老闆不會吃掉你。

而宮澤賢治童話村是一個以他的作品為藍圖所設計的園區。有《銀河鐵道之夜》裡出現的「天鵝站」、「銀河車站」等等。並設有「賢治的教室」，利用影音效果和幻燈片等等，來模擬出作品中的幻想空間，讓大家可以更了解他創作時的背景以及理念。園區裡還規劃了在樹林裡散步的「妖精小徑」、「貓頭鷹小徑」等等，有許多裝置藝術，風景優美，處處可見各種巧思，是一個可以讓喜愛宮澤賢治的人滿載而歸、不熟悉他的人也可以放鬆心靈的地方。

照片提供：Mr.Even

■宮澤賢治紀念館

https://www.city.hanamaki.iwate.jp/miyazawakenji/kinenkan/index.html

地址：〒 025-0011 岩手県花巻市矢沢 1-1-36

開館時間：8:30~17:00

■宮澤賢治童話村

https://www.city.hanamaki.iwate.jp/miyazawakenji/dowamura/index.html

地址：〒 025-0014 岩手県花巻市高松 26-19

開館時間：8:30~16:30

宮澤賢治年表／

年份	年齡	事件
1896	0	8月27日於岩手縣花卷市出生，為家中長男。
1903	7	進入鎮立花卷川口普通高等小學就讀。
1906	10	跟隨父親參加暑期佛教講習會，開始熱衷於採集礦物植物。
1910	14	因學校活動開始喜歡上登山，進而喜愛大自然。
1911	15	開始寫短歌。
1914	18	從盛岡中學畢業。對宮澤家開設當鋪靠窮困人家來賺錢感到厭惡。
1915	19	以第一名的成績進入盛岡高等農林學校就讀。
1916	20	以筆名「健吉」發表29首短歌。
1917	21	與朋友創刊收錄短歌為主的同人誌《杜鵑》。以筆名「銀縞」發表短歌。
1918	22	從盛岡高等農立學校畢業成為研究生。開始寫兒童文學。

1920　24　修完研究生課程，婉拒晉身副教授的好意。

1921　25　開始大量創作童話。任教於花卷農學校。擔任代數、農產、作物、土壤、肥料等等科別的老師。

1924　28　自費出版詩集《春與修羅》、童話集《要求很多的餐廳》。開始寫《銀河鐵道之夜》的初稿。

1926　30　發表《貓咪事務所》。辭去教職開始獨居生活，平日朗誦童話給附近的小孩聽。設立羅須地人協會教授農業知識。

1928　32　奔波於稻作指導的途中，發燒病倒返家養病，之後轉成肺炎。

1930　34　大致康復之後投入園藝工作。

1931　35　復發，返鄉臥床療養期間在手帳上寫下《不畏風雨》。

1933　37　9月21日下午一點半病逝，享年37歲。

何が幸せか分からないです。
本当にどんなに辛いことでも、
それが正しい道を進む中の出来事なら
峠の上りも下りもみんな
本当の幸せに近づく一足づつですから

我也不知道什麼才是幸福
但無論遇到多麼難受的事
只要是朝著正確的方向前進
不管是陡坡或低谷
大家都能離幸福更進一步的

風からも光る雲からも
諸君には新しい力が来る

風、陽光、雲朵
都能為你們帶來新的力量

一つずつの小さな現在が続いているだけである

人生就是不斷地累積著每一個小小的瞬間而已

僕はきっとできると思う
なぜなら僕らがそれを今
考えているのだから

我覺得我一定做得到
因為我現在
一直是這樣想的

けれどもどうしてももうできない時は
落ち着いていてわらっていなければならん。
落ち着き給え

如果到了不管怎樣都做不到的時候
那就冷靜下來然後笑吧
放輕鬆一點吧

もう決して寂しくは無い
何遍寂しくないと言ったとこで
又寂しくなるのは決まっている
けれどもここはこれでいいのだ
すべて寂しさと悲傷とを焚いて
人は透明な軌道を進む

絶對不會再孤單了
不管說了幾次不孤單
卻還是會感覺到寂寞
但是這樣也沒關係啊
把全部的寂寞和悲傷都焚燒掉
我們都沿著透明的軌道前進著

人間は他人のことを思いやって行動し
よい結果を得たときに
心からの喜びを感じるものである

設身處地的為別人著想然後去做
得到好的結果之後便打從心底感到快樂
這就是人類

僕もうあんな暗の中だって怖くない
きっと皆の本当の幸いを探しに行く

我已經不害怕那樣的黑暗了
我一定會去尋找大家真正的幸福

無意識から溢れるものでなければ、
多くは無力か詐偽である。

如果不是無意識下所產生的想法
大多不是無能為力　就是虛假

あなたの方から見たら
ずいぶん惨憺たる景色でしょうが
わたくしから見えるのは
やっぱりきれいな青空と
透き通った風ばかりです

從你的眼裡看來
是非常慘淡的景象吧
但是我看到的果然還是
美麗的藍天和徐徐的微風而已

真の幸福に至れるのであれば
それまでの悲しみは
エピソードに過ぎない

只要能達到真正的幸福
在那之前所遭遇的悲傷
都只不過是小插曲

さあ、切符をしっかり持っておいで。
お前はもう夢の鉄道の中でなしに
本当の世界の火や激しい波の中を
大股にまっすぐ歩いて行かなければ
いけない。
天の川の中でたった一つの
本当のその切符を
決してお前はなくしてはいけない

來吧，好好拿著你的車票
你已經在夢想的鐵道上了
從真實世界裡的火焰和洶湧的浪潮中
要邁開腳步大步大步地往前走才行
在銀河中獨一無二的那張車票
你千萬不能弄丟

僕たちと一緒に行こう。
僕たちはどこまでだって行ける切符を持っているんだ

跟著我們一起走吧
因為我們有可以到達任何地方的車票

世界全体が幸福にならないかぎりは
個人の幸福はありえない

在全世界都還沒變得幸福之前
是無法追求個人的幸福的

音軌編號	內容	頁碼
	中文	
01	一、午後的課堂	006
02	二、印刷廠	014
03	三、家	020
04	四、半人馬座慶典之夜	028
05	五、氣象標柱	040
06	六、銀河火車站	046
07	七、北十字星與普利奧辛海岸	058
08	八、捕鳥人	074
09	九、喬凡尼的車票 (1)	086
10	喬凡尼的車票 (2)	108
11	喬凡尼的車票 (3)	130
	日文	
12	一、午後の授業	150
13	二、活版所	156
14	三、家	160
15	四、ケンタウル祭の夜	166
16	五、天気輪の柱	174
17	六、銀河ステーション	178
18	七、北十字とプリオシン海岸	186
19	八、鳥を捕る人	196
20	九、ジョバンニの切符 (1)	206
21	ジョバンニの切符 (2)	221
22	ジョバンニの切符 (3)	236
23	不畏風雨／雨にも負けず	254

♪情境配樂中日朗讀MP3

請掃描QR Code或至以下連結收聽(✷注意網址大小寫)

https://bit.ly/GingaTetsudoo

■日語發聲｜永野惠子　■中文發聲｜常青

日本經典文學
中日對照・精裝珍藏版

銀河鉄道の夜

【附情境配樂中日朗讀MP3 QR Code】

著者　宮澤賢治
譯者　徐宇甄
總編輯　洪季楨
編輯　詹雅惠・林雅莉・羅巧儀・葉雯婷・陳亭安
編輯協力　立石悠佳・陳湘儀・劉瀞月
內頁設計　王舒玗
封面設計　王舒玗
手寫字　YiChen Chiu
照片提供　Mr.Even・日本近代文學館
編輯企劃　笛藤出版
發行所　八方出版股份有限公司
發行人　林建仲
地址　台北市中山區長安東路二段171號3樓3室
電話　（02）2777-3682
傳真　（02）2777-3672
總經銷　聯合發行股份有限公司
地址　新北市新店區寶橋路235巷6弄6號2樓
電話　（02）2917-8022・（02）2917-8042
製版廠　造極彩色印刷製版股份有限公司
地址　新北市中和區中山路二段380巷7號1樓
電話　（02）2240-0333・（02）2248-3904
郵撥帳戶　八方出版股份有限公司
郵撥帳號　19809050

銀河鐵道之夜 / 宮澤賢治著；徐宇甄譯.
-- 初版. -- 臺北市：笛藤, 八方出版股份有限公司, 2022.03
面；　公分. -- (日本經典文學) 中日對照
ISBN 978-957-710-847-0(精裝)
861.57　111001854

定價380元
2023年8月14日　初版第2刷